繁花盛开

杨淑清◎著

内蒙古人民出版社

图书在版编目（CIP）数据

繁花盛开 / 杨淑清著. -- 呼和浩特：内蒙古人民
出版社，2025. 5. -- ISBN 978-7-204-16834-7

Ⅰ. I267

中国国家版本馆CIP数据核字第202565PK62号

繁花盛开

FANHUA SHENGKAI

作　　者	杨淑清
责任编辑	贾大明
封面设计	乌云山丹
出版发行	内蒙古人民出版社
网　　址	http://www.impph.cn
地　　址	呼和浩特市新城区中山东路8号波士名人国际B座5层
印　　刷	内蒙古恩科赛美好印刷有限公司
开　　本	680mm×965mm　1/16
印　　张	13
字　　数	180千
版　　次	2025年5月第1版
印　　次	2025年5月第1次印刷
书　　号	ISBN 978-7-204-16834-7
定　　价	65.00元

如出现印装质量问题，请与我社联系。联系电话：（0471）3946120 3946124

敬畏——人类永恒的主题

最早注意到"敬畏"这个词，是当年我在北京鲁迅文学院与北京师范大学大合办的首届"文艺学·文学创作研究生班"学习时，从李陀先生口中听到的。那年，我的小说《疯驼》发表于《北京文学》，时任主编的李陀先生看后，让责任编辑兴安带我去见他。我怀着忐忑又兴奋的心情随兴安前往李陀先生家。他非常和蔼，毫无名人架子。我们像老朋友般交谈，他在充分肯定《疯驼》后说："路远，你这篇小说的主题很好——人对大自然的敬畏，这主题够你写一辈子，就朝这个方向走……"

多年过去，我仍记得李陀先生的话：对大自然的敬畏！

翻开杨淑清女士的散文集《繁花盛开》，那句箴言般的告诫再次浮现：对大自然的敬畏！

没错，我从书中字里行间真切感受到了那两个字：敬畏。

何谓"敬畏"？查阅可知，"敬畏"是融合了敬重与畏惧的词汇。敬重，体现为对人、事、物的尊重与敬仰，认可其价值与权威，比如对德高望重的长辈、伟大思想家的推崇；畏惧，并非单纯的害怕，而是基于深刻认知，意识到事物神圣不可侵犯，从而产生的谨慎戒惧之心，比如面对浩瀚宇宙、神秘自然时，因自身的渺小与未知而心生畏惧。敬畏能让人们在面对敬畏对象时，既能以敬重之心对待，又能以畏惧之意约束自身行为，始终保持适度与谨慎。

自古以来，人类便存在对神灵、权力、未知事物及天地的敬畏。而在种种敬畏中，唯有对大自然的敬畏最为根本，值得我们重视与研究。

作者从蒙古袍的纽扣中，发现了一个民族对天地的敬畏：

三道边分别代表天、地与父母。右衽前襟三道扣子的含义是：第一道表达对先祖智慧与血脉的崇敬；第二道表达对自我生命的珍爱；第三道是祝福穿衣者在智慧光芒下躲避灾祸、远离无知愚昧，开启光明人生。偏襟胯处的三道扣子寓意为：第一道寓意对正直善良的守望，第二道寓意对自然万物的感恩回报，第三道寓意历事成人、荣耀家乡、祥和万物。

无论哪种说法，都能让我们感受到人们对天地、自然、父母的敬畏与爱，对真理的尊崇，以及对未来的向往与自我祝福。这些美好的寓意，如同蒙古袍本身一样 美丽。

阅读这部散文集时，我总感觉到字里行间隐藏着一种神秘的力量——它时刻存在，却又难以言明。直到读到对纽扣的解析，我才恍然大悟：作者在表现当地民俗文化时，始终保持着强烈的敬畏之心。

敬畏，首先是"敬"。

若对一个民族的文化缺乏敬意，文字往往会浮光掠影，无法触及文化的深层内涵。作者对当地非物质文化的敬仰显而易见：无论是谈及刺绣、蒙古马，还是红食文化（乌兰伊德）、白食文化（查干伊德），她都难掩赞美之情。广阔的草原孕育了蒙古族、汉族及其他少数民族，面对草原，许多人不禁会放歌抒怀。但在浩如烟海的作品中，这类赞美常因泛滥而缺乏深度，最终沦为过眼烟云。而这部作品不同，它将对故乡文化的敬仰上升到了哲学高度，以抒情的语言、优美的文字、充沛的感情吸引读者，让人读后倍感畅快，获得阅读的慰藉。

草原人民对牲畜始终充满敬畏之心，在鼠日子、羊日子坚决不宰羊、不卖羊；宰羊也分时节，按照牲畜的生长周期，五六月牲畜开始抓水膘，七八月开始抓油膘，立秋之后才开始宰杀，这时的羊肉肉质细腻、营养丰富。

作者不仅对牲畜心怀敬畏，对草原、河流、山峦、沙漠、森林等自然万物，更是敬而畏之。就连一粒纽扣，也被她赋予了对天地自然的敬畏之意：

我的脑海里不由得蹦出一句话："要系好'人生第一粒扣子'。"蒙古袍从小就穿在身上，天天穿着，甚至夜里可当褥子铺、当被子盖，日夜不离人身，与人同呼吸、共命运，和人的关系是真真切切的荣辱与共、休戚与共。一件蒙古袍穿在身上，穿衣者从小就时刻将天地、自然、祖先、父母的恩德铭记于心，从小把父母的教诲时刻记在心间，从小把对生命的敬畏深怀于心。蒙古袍上没有文字，却讲述着至理箴言；蒙古袍上没有一句话，却藏着千言万语。它不是一件普通的衣服，而是敬畏，是爱，是生生不息的希望。

记得当年给学生上写作课时，我强调散文要"夹叙夹议"，且"议"须有真知灼见，而非泛泛而谈。这篇关于蒙古袍的解析，最终提炼出如此深刻的哲理，将作品提升到了哲学高度。

阅读这13篇散文，可总结出以下特点：

哲　理

翻阅篇章，时常可见哲理的闪光。作者总能从日常小事中提炼出深刻哲理：一件寻常服饰，在她眼中"是艺术品，更是蕴含丰富文化的符号"。谈及刺绣，她激情赞美："每一幅刺绣作品仿佛都在讲述草原上的一个故事。一辈又一辈草原姑娘将草原故事绘制成五彩斑斓的刺绣图案，一代接一代绣娘用针尖挑起岁月的发丝，为生活编织绚烂的繁花。那细细的绣花针用丝线将光阴穿起，一穿就是十年、百年、千年，每一针刺破底布时"刺"的脆响划破时空，成为岁月里至清、至纯、至美的回响。"

说到蒙古马，她难掩激动："草原本就是它们的家园，马牛羊才是草原的主人、草原的孩子。而马，更是公认的翘楚——或许是它疾驰的速度，或许是它的翩翩风度，或许是它的聪慧机敏，又或许是它的忠诚善良，或是那份高贵灵魂，赢得了人们的倾心。无论因由何在，有一点毋庸置疑：马是草原的娇宠，是草原上疾驰的风景。"

这些文字看似在讲述自然与伦理，实则传递着万物和谐共生的理念。有时，哲理又格外朴素，如"草原永远是草原人的草原，草原的孩子永远是草原的孩子。马背，是他们的人生乐园，是梦想开始奔驰的地方，是生命最初的舞台"。

诗　意

文本的诗意是此书的亮点。优美的语言总能将读者带入科尔沁草原的意境：

行至一处，一条清冽的溪水缓缓穿行在黑褐色的山石与绚烂的落叶间，水流过处，水底的砂石清晰可见。那水平和舒缓，像春光里晒太阳的人，透着一种沁入心底的静谧与温情。

站在山巅，想起归流河与洮儿河，多像这座大山孕育出的两只乳房，宝格达山的血脉凝聚成乳汁，哺育着古老札萨克图旗的广袤土地。向东南方眺望，极目所及是一座座浑圆的山，没望见飞虹激流，也没听见滔滔水声。是啊，如此宁静的山，怎会有那样喧嚣的水？若真喧嚣，反倒与山不相配了。山水有自己的神韵与气场：宁静的山方能滋养宁静的水，宁静的水方能匹配宁静的山。

这般优美的文字，让人如临其境。不难看出作者骨子里的诗人气质——蒙古马在她笔下是"镶嵌在草原的诗"："我们只能想象：一匹青灰色骏马带着一群马，疾速跨过宽河、翻越高山、飞跃草海，在崇山峻岭间飞奔的身影……不，那是疾驰的魂灵。"

介绍科尔沁民歌时，她写道："若把科尔沁民歌比作一首诗，那这首诗定是纯粹干净、一尘不染的。湛蓝的天空是它的质地，一望无际的草原与鲜花是它的颜色，草原上的清风是它的语言，谦逊厚重的高山是它的底蕴，清澈蜿蜒的河水是它的节奏。"

长调响起，余音绕梁……

细　腻

这份细腻或许与作者的女性身份有关。生活中，女性本就比男性更敏感细腻，而作者在写作中充分发挥了这一特质。

她对马的眼睛描写尤为传神：

我离开人群，走向那匹白马。走到它身边时，它抬眼看了我一下，大大的眼睛里仿佛盛着一汪水，我的影子映在它的瞳孔里。这次，它没像在院子里那样，看我一眼就若无其事地转过头、无视我的存在，目光多停留了一会儿，大概对我有了点印象。之后，它还是转过头，保持着之前的姿势，头朝北，一动不动地站着。

我把它额前长长的鬃毛向后捋了捋，又和它的眼睛对视，这次，它的眼神更加平静，像两汪不起波澜的泉水。这清澈的眼神里，定然藏着对这片草原、这方天地深深的眷恋与无限的深情吧？

我心想：真是匹蒙古马，血性还在。

若非对生活细致入微的观察，若非怀着女性特有的细腻心思，怎能写出如此传神的文字——尤其是对马眼的刻画，堪称点睛之笔！

独　特

许多作品都会书写草原，但内蒙古各地的草原各有其独特魅力。作者长年生活在兴安盟，精准捕捉到了这片草原的专属印记：从札萨克图刺绣、乌兰伊德、杳干伊德，到洮儿河与归流河的传说；从成吉思汗后裔、摔跤手敖力布仁钦的故事，到科尔沁民歌……字里行间处处洋溢着地域情调，与锡林郭勒、乌兰察布、鄂尔多斯等地的草原风貌截然不同，正如民谚所言："什么样的土壤盛开什么样的花朵。"

文中的民间故事——康熙狩猎、归流河与洮儿河的姐妹传说、白马归来的传奇，皆是原汁原味的地域文化，经作者的笔触加工后，更添地方色彩与人文温度。

细节的典型性亦是其独特性的体现：乌仁其其格额吉手中那只祖传200多年的针线包，便是极具代表性的细节，承载着岁月的重量与文化的传承。

蒙古袍作为草原牧民的独特服饰，在作者笔下被赋予了丰富内涵："长长的蒙古袍将人严严实实地护在其中，既能抵御草原风雪的侵袭，又能防备自然蚊虫的叮咬。为了应对居无定所、不断迁移的游牧生活，他们化繁为简，将一件衣服的功能发挥到了极致：可衣——遮风避寒，可用——充当生活用具。"

总览全篇，作者对草原的敬畏之情贯穿始终。"敬"是核心主题，是发自内心的感动。随着人类文明的发展，对自然的索取与干预日益加剧，森林砍伐、物种灭绝、气候变化等问题，正是缺乏敬畏之心的直接后果。若读者读后能反思：人类的每一次进步是否都伴随着对自然的破坏？我们在享受文明成果时是否忽视了环境保护？便实现了这本书的深层意图。

敬畏自然不仅关乎环保，更关乎人类文明的可持续发展。它要求我们重新审视人与自然的关系，认识到人类的生存离不开健康的自然环境。唯有真正学会尊重与保护自然，才能确保子孙后代共享自然的恩赐。

展望未来，我深信：当敬畏自然成为社会共识，人类才能创造出与自然和谐共生的地球家园。这需要每个人的努力——从教育下一代开始，从改变日常习惯做起，让敬畏自然成为行动指南。

敬畏自然，是心灵的觉醒，是对人类行为的深刻反思。在这一过程中，我们不仅学会与自然和谐相处，更能深刻理解人类与自然的紧密联系。践行敬畏自然的理念，我们便看到了文明可持续发展的希望——这，正是我推荐这本书的原因。

路　远

2025 年 4 月 18 日于青城

目 录

繁花盛开

在乌兰毛都草原，当你望见那一朵朵傲然绽放的牡丹、一束束火红热烈的萨日朗、一枝枝淡雅含蓄的杏花、一簇簇洒脱奔放的金菊花……定会为那绚丽的色彩所惊艳，定会忘情于这繁花盛开的世界，定会忍不住想伸出手，轻轻抚摸每一片花瓣、每一片绿叶。在这里，你尽可放心触摸这些永不凋零的花朵——它们不会因你的触碰而萎谢。当指尖滑过花瓣的脉络、摩挲绿叶的纹理，仿佛在触摸岁月的年轮，沿着舒展的叶脉，便能畅游于时间的河流。那条河如此宽阔，足以安放高山、容下草原、装得下日月星辰；那条河如此丰富，足以容纳万物生灵、承住风霜雨雪、包容世间喜怒哀愁。于是，那条河五彩斑斓、如锦似缎，把草原装扮得五彩缤纷，也把草原上人们的心窗，装扮得如花般绚烂。

这些花，并非盛开在草原的泥土里，而是绽放在一位位草原额吉、一位位绣娘的手中——那是令人心潮澎湃的札萨克图刺绣，是只看一眼便会深深烙印在心底的花束。它从遥远的过去走来，一路绽放至今，温暖着草原，温暖着草原上世世代代的人们，也温暖了世间更多的人。

那花，绣出了科尔沁的记忆

每一次走近札萨克图刺绣，都如同走进辽阔的科尔沁草原。

第一次真正走近刺绣，是在乌兰毛都苏木勿布林社区。我和伙伴乌云嘎抵达时，十几位额吉与绣娘已等候多时——她们身着自己刺绣缝制的蒙古袍，有绿、蓝、黑、紫等色，头上裹着或绿或蓝，或粉或紫的头巾。那一刻，我恍然有种错觉，仿佛走进了竞相绽放的花丛，踏入了布与丝线编织的五彩世界。走近绣娘，她们手中的刺绣作品令人眼花缭乱：荷包、枕顶（枕头两侧的堵头布）、靴子、衣帽、针线包、手提包，还有各式小饰品。衣服上的鲜花仿佛开到了我的心上，让我兴奋不已、情绪高涨。我和乌云嘎立刻拿出笔记本与相机，一边记录一边拍照。她们用温柔的蒙古语介绍着绣品：除了热烈娇艳的花，还有灵动的鱼、飞翔的鸟、奔腾的骏马、轻盈的小鹿、温顺的绵羊……每一件都质朴传神、逼真可爱。

每看一幅，我都热血沸腾、爱不释手，总想探寻美丽图案背后的丝丝缕缕。这绝非简单的刺绣作品——这里有天空大地、山川河流，有草原的翠绿、白云的飘逸，更凝结着游牧民族的智慧与审美。它们蕴藏着爱，饱含着情，更确切地说，积淀着科尔沁蒙古族人民的集体记忆。

那么，何为"札萨克图刺绣"？让我们翻开历史书卷，回溯科尔沁右翼前旗的往昔。

崇德元年（1636年），皇太极改国号为"大清"，并分封诸部，科尔沁部五位首领获封王爵。其中，布达齐（哈萨尔后裔）受封为"札萨克多罗札萨克图（科尔沁右翼前旗）郡王"。至此，科尔沁右翼前旗（以下简称"科右前旗"）定称札萨克图郡王旗，即札萨克图旗。札萨克图刺绣，便是科右前旗传承的刺绣技艺。

这门技艺主要流传于科右前旗的乌兰毛都、满族屯满族乡、桃合木、德伯斯、阿力得尔等牧业苏木乡镇，其中以乌兰毛都苏木传承人数最多，故也称"乌兰毛都刺绣"。

科右前旗是嫩科尔沁（哲里木盟）十旗之一。嫩科尔沁十旗的王公（札萨克）均为哈萨尔十四世孙奎蒙克塔斯哈喇的后裔。清朝时期，科右前旗所辖地区是成吉思汗二弟哈萨尔后裔的统治地。后来因战乱、草原开垦，加之其他盟旗蒙古族人与部分汉族人流入，人口渐增，原居于此的科尔沁蒙古族人一部分人逐渐转向农耕或半农半牧生活，另一部分则继续逐水草而居，不断北迁，最终落脚于乌兰毛都草原。因此，现今乌兰毛都草原的居民多为科尔沁蒙古族人，仍保留着较为古老的生活习俗与人文风情，流传下诸多珍贵的非物质文化遗产。札萨克图刺绣，正是这片土地孕育的典型非遗，被一代又一代科尔沁蒙古族人传承至今。从某种角度而言，札萨克图刺绣的传承史，亦是乌兰毛都科尔沁蒙古族人的生活史。

科尔沁蒙古族的后裔沐风栉雨，游牧在辽阔草原。草原上的额吉与姑娘们将质朴纯真的情感融入时光，把古老风俗渗透进生活的点点滴滴，一针一线绣成作品，逐渐形成了绚烂而独特的地域文化，在岁月长河中熠熠生辉。那光芒如同草原上的鲜花，给人活力与希望，带来生生不息的信念与力量；又似草原夜空的星辰，闪烁着晶亮的眼眸，传递着无声的温情。

徜徉在乌兰毛都草原，凝望一幅幅精美的札萨克图传统刺绣，我仿佛看见一位位绣娘坐在草原上，或于蒙古包内油灯下专心刺绣的身影。每一朵绽放的花里，都融进了她们的情与爱啊！

那花，绣出了和谐之美

在乌兰毛都，针线包从来都不是寻常物件，而是精美的艺术品。

2023年的非遗代表性传承人汇报会上，乌仁其其格额吉手中一个祖传200多年的针线包，深深吸引了我的目光。这个针线包的上半部，是一块不规则四方形的云朵，黑色棉布为底，上面用蓝色和浅黄色丝线绣着卷草纹、哈木尔纹（牛鼻纹）、铜钱纹；下半部是一个上窄下宽的粉红色长圆柱，边缘用蓝白相间的水波纹锦缎包边，那水波纹像极了大海的波涛。锦缎内侧绣着两枝花枝：一朵正恣意绽放，三枚粉色花骨朵缀在枝头；花枝上方，一只鸟儿舒展着美丽的羽毛飞翔，枝干下方另一只鸟儿抬头仰望，与之呼应。两只鸟都长着长长的喙和大大的眼睛，我想，这或许就是蒙古族人心中的"飞天"吧？花枝极简，仅一片叶子用黑、白两色绣制，通过明暗变化勾勒出花叶的层次感。

整个针线包虽只有巴掌大小，却将天地万物融于一体：上为天空，下为大海，海边有鲜花，鸟儿萦绕花前树下。铜钱纹、鲜花与自在的鸟儿，又寄托着绣娘对美好生活的向往。最令人称奇的是，鸟儿全身用多色丝线绣成，下方那只竟用了16种颜色表现不同部位，绣面却丝毫不显杂乱，形象立体、古朴又灵动神秘——这正是札萨克图刺绣的特别之处与魅力所在。

札萨克图刺绣以简洁的构图、质朴的表达、绚丽的色彩、隽永的内涵，深受专家青睐与世人喜爱。

札萨克图刺绣的应用范围十分广泛，通常见于帽子、鞋靴、荷包、烟袋、枕头，以及衣服的前后襟、袖子等部位。传统刺绣的底布多选用蓝色、绿色、黑色，绣娘们却有着惊人的创造力——在长袍、马甲的前后襟刺绣时，她们大胆地将图案从胸前、后背一直延伸到膝盖以下的小腿处，有的甚至绣至脚踝，大朵娇艳的花朵铺满衣身的前襟与后身。

令人称奇的是，这般繁密的刺绣非但不显拥挤，反而透着磅礴气势。其脉络清晰、构图简洁，所绣之花多从根部沿一条主干向上延伸：有的在根部绣上土褐色山石象征土地，有的则直接以深褐色勾勒树根；向上便是墨绿色、土黄色、蓝绿色的主干与枝杈，枝杈上绽放着形态各异的花朵，鲜红、正红、粉红、西瓜粉、杏黄、橘黄、金黄……各色花朵或热烈绽放，或欣然初绽，或含苞待放，虽多姿艳丽却丝毫不显俗气，尽显蓬勃的生命力。

我也曾学过美术，若让我构图，定然不敢如此满铺，更不敢用这般鲜艳的色彩。但札萨克图刺绣的美与独特，恰恰在于此——即便色彩浓艳、图案铺陈，却毫无轻浮奢华之感，反倒尽显和谐之美，透着耐人寻味的古朴气息。我曾暗自思忖其中缘由，直到不经意间望向窗外，湛蓝的天空与碧绿的草原映入眼帘，才顿时豁然开朗：刺绣底布选用蓝、绿、黑三色，不正是蓝天、草原与大地的颜色吗？蓝天、草原、大地承载着万物生灵，承载着人们的万千思绪，也承载着草原的过去与未来——如此深厚的底蕴，自然能容下再大、再绚烂的花朵。

我们的许多绣娘，尤其是老额吉们，大多没读过太多书，有的甚至从未走进校园，可她们何以拥有这般精妙的色彩搭配与构图设计能力？答案或许就在草原上：是草原的生活启迪了她们对美的感知，是祖祖辈辈的传承赋予了她们独特的审美情趣。

这种美，是不着雕饰的古朴之美，是宁静祥和之美，更是天、地、人和谐共生之美。绣娘们将美融入生活，而生活与自然便是她们最好的老师——她们本就是草原上土生土长的艺术家。

那花，绣出了坚韧

每一幅刺绣作品仿佛都在讲述草原上的一个故事。一辈又一辈草原姑娘将草原故事绘制成五彩斑斓的刺绣图案，一代接一代绣娘用针尖挑起岁月的发丝，为生活编织绚烂的繁花。那细细的绣花针用丝线将光阴穿起，一穿就是十年、百年、千年，每一针刺破底布时"刺"的脆响划破时空，成为岁月里至清、至纯、至美的回响。令人惊叹的是，这些刺绣作品针脚细密均匀、排列整齐，有的若有若无，有的甚至看不到走针的痕迹……

去乌兰毛都之前，我联系了苏木负责文化工作的干部那日苏，他说要找敖特根其其格奶奶。我更爱称呼她为"额吉"。由于她的作品较多，不便携带，我们便决定去她家采访。后续采访中，这位古稀之年的额吉一直热情地帮我们联系绣娘，这份热忱令我们十分感动。

敖特根其其格额吉是我十分敬佩的老人。她有着科尔沁蒙古族人的淳朴与真诚，充满智慧的双眼透着坚毅与自信的光芒。虽已年逾古稀，她说话走路却精神抖擞、大气沉稳。草原上的风在她脸上刻下了深深浅浅的印痕，但眉宇间仍带着"巾帼不让须眉"的气质。

来到敖特根其其格额吉家，拉开客厅墙上的围布，我和乌云嘎眼前豁然一亮，不约而同地惊呼起来。客厅西墙有窗，东、南、北三面墙上则挂满了她的刺绣作品，以及参加各类刺绣活动展演、比赛的照片，我们仿佛走进了一个琳琅满目的刺绣展室。

走近那些作品，每一幅都是精品：东墙上那幅玫红色的牡丹正盎然绽放，花瓣与花叶的颜色渐变处理得极其自然、恰到好处，不着一点刺绣痕迹，宛如油画；再看那个足有一米长的烟袋，上面刺绣的金黄色金鱼嬉戏其间，荷叶尽情舒展，荷花姿态各异、绽放得层次分明，呼之欲出。

"这是贴绣，就是把布贴在布料或鞋面上，再用针线缝固定。"敖特根其其格额吉指着烟袋上的图案说。我仔细找了好一阵，几乎看不见缝制的针脚。

敖特根其其格额吉又拿出为丈夫制作的崭新蒙古靴，靴子上布满密密麻麻的小线圈——这种绣法叫盘绣。盘绣需同时用两根针、两股线，结合拱针和盘针两种技法。黑色靴面上，绿色的云纹、回字纹、吉祥纹、蝙蝠纹……全由一个个盘绕的线圈排列而成，线圈大小一致、粗细均匀，一环套一环，环环推进，精细至极。这双布满纹饰的靴子得绣多少个线圈？怕是像天上的星星一样难以计数。我不禁惊叹："这得做多久啊？"敖特根其其格额吉笑着说："是费工夫，但这样的靴子结实，出去放牧时刮不坏……"

我深深折服，满心都是感叹与赞叹——感叹额吉的刺绣功夫，赞叹额吉的耐心与毅力。她还向我们介绍了刻花绣、串针、纳针、回针、平针、衔针等其他技法。无疑，无论哪种针法与技法，其过人之处都在于精细的功夫，这正是札萨克图刺绣的魅力所在。也正因功夫深厚，绣出的作品才能经得起岁月打磨。

老人从箱底翻出自己出嫁时穿的靴子。这双靴子是她16岁时绣的，如今她已71岁。靴帮上布满鲜花：从靴头处延伸出两枝花枝，黑色底部向鞋帮两侧绣着粉色花朵，点缀着绿色花叶与浅粉色花蕾；再往上，草绿色底布上用盘花绣着云纹、犄角纹；靴靿处则在绿色底布上用平针绣出万字纹。这双靴子曾见证主人的美好爱情，跟随主人在草原游牧，陪伴主人起早贪黑操持家务，一同经历春夏秋冬，承载过主人的辛勤汗水与自然风霜。如今50多年过去，除了靴帮挨着鞋底处的绣花有部分磨损，其他地方依然完好无损。

我不得不惊叹刺绣技艺的精湛，叹服额吉与绣娘们的智慧！她们是怎么想出这么多针法的？又是怎么想到用如此结实的针法来应对游牧生活与草深树茂的自然环境的？在过去生产力低下、物资匮乏、交通闭塞的北疆，对结实的需求远胜审美，而绣娘们却在实用与美观间做到了完美平衡——她们的绣品既适应生产生活需要，又能展现美感，这是她们的独特创造与智慧结晶。我突然有个念头：若将江南水乡的刺绣用在北方的鞋子上，那精美的绣面恐怕一天就会被蒿草刮得七零八落吧？

我愈发赞叹这片草原上女人的坚毅——没有笃定的决心和持久的耐力，根本无法完成一件蒙古袍、一双靴子的绣制。绣娘绣好一件蒙古袍、做好一双靴子，通常要耗费一年时间，若生产生活事务繁多，耗时或许更久。

回想起那些绣娘的脸庞，一张张质朴、端庄而宽厚的面容上，无不透着一股顽强的力量。她们将火热又温柔的心思全倾注在绣活里，用深情抵御着北方刺骨的寒风与漫长的寒冬。乌兰毛都草原的夏天十分短暂：每年5月才能见到青草纤细的身影，6月方见绿草蓬勃出支棱的身形，7月迎来绿草疯长的连绵草原，可一到8月下旬，草便渐渐枯黄。游人常看到的，是草原最美季节里最动人的模样——青春的草原；而草原的苍凉，唯有草原人能慢慢体味，个中冷暖自知。

但这一切，不仅让草原上的男人，更让草原上的女人变得愈发坚韧、更具耐力，也更加勇敢、更富挑战精神。她们用心中的火焰，焐热每个晨曦与夜晚：骑马放牧、日常劳作时，她们忘却性别，和男人一样辛勤耕耘；在劳动的空隙、漫长的夜晚，又将女人的温柔化作五彩丝线，把夏日草原的蓝天、白云、绿草、繁花，把马牛羊、飞鸟、勒勒车，都绣进缤纷世界里，既温暖自己，也温暖他人。

敖特根其其格曾在乌兰毛都苏木所在地创办民族服装商店，招徒授技，传承札萨克图刺绣技艺。她多次自费带着作品参加蒙古国及国内的各类展演与比赛，还组织成立了"乌仁额吉"（"乌仁"意为"巧手"，"乌仁额吉"即"巧手妈妈"）刺绣团队，定期向大家传授技艺。新冠期间无法聚集，她便转到线上授课，在微信群里和大家探讨刺绣技法。

尽管只有初中文化，66岁那年，她仍出版了蒙古文著作《札萨克图传统缝制技艺详解》，书中详细介绍了札萨克图刺绣的绣法、针法、纹样，以及札萨克图服饰与刺绣技艺的传承脉络。为了让其更充分地彰显札萨克图地域文化特色，她还加班加点赶制绣品、绘制纹样。

和敖特根其其格额吉聊天时，她又为我们约来了两位绣娘。正和斯琴绣娘交谈的空当，敖特根其其格额吉忽然说："我有点不舒服，去躺一会儿，你们先聊着。"她用蒙古语和斯琴绣娘说了几句，便回卧室休息了。我没听懂她们的对话，乌云嘎告诉我，额吉说自从2022年感染新冠后，身体一直没恢复，总觉得心脏不舒服、没力气，还常冒虚汗，最近又感冒了，所以才有些不适。我顿时深感抱歉，连忙说："那我们先不采访了，别打扰您休息。"敖特根其其格额吉却急忙摆手："没事没事，躺一会儿就好了……"

转身时，我望见桌上那本《札萨克图传统缝制技艺详解》，书中的每一朵绣花都仿佛充满了生命力——它们没有绽放在布面上，而是坚韧挺拔地盛开在茫茫兴安岭的高山上、草原间、深谷里。

我很喜欢一张敖特根其其格额吉参赛时的照片：她手持自己的刺绣作品，昂首走在舞台上，嘴角噙着浅笑，满脸都是坚定与自信。我心想：多美的额吉啊！她就像一块温润的玉，从骨子里散发着光与美。

那花，绣出了绽放的诗行

草原姑娘是爱美的，她们从现实生活中不断发现美、创造美。无论是衣服、荷包、针线包，还是枕头，都被她们绣满了漂亮图案。每一块布都是绣娘们的画纸，针是她们手中的画笔，线是五彩的颜料——她们一针一线、一丝一缕地绘出心中的图景，为生活点燃一盏盏璀璨的灯，让日子流淌出悠悠的歌，让平凡的生活浸满诗情画意。

札萨克图刺绣追求"纹必有意"，每一幅作品都寄托着独特的含义，承载着绣娘对生活的热爱、对亲人的眷恋、对自然的敬畏、对远方的憧憬。

刺绣图案大多源自现实生活：来自她们脚下的草原、头顶的蓝天，来自养育她们的山川河流、家乡的花草树木，来自与她们共同生息的草原动物。杏花、牵牛花、萨日朗、西瓜花、葡萄花、松柏等植物，蝴蝶、蜻蜓、鸟、野兔等动物，是绣品中常见的主角。这些动植物被赋予了独特象征：如山杏花，作为北方草原春天里最坚韧的花，千百年来一直是绣娘笔下的主要素材，寄托着母亲对出嫁女儿的祝愿——愿她如杏花般，在山石间也能扎下深根，拥有顽强的生命力；象征美好富贵的牡丹花图案也颇为常见。

还有一类蒙古族传统图案，如云纹、水纹、铜钱纹、叶子纹、犄角纹、牛鼻纹等，是绣娘们观察生活后抽象出的艺术符号，充满民族特色且寓意美好：云纹象征吉祥，水纹象征绵延不绝，铜钱纹象征富裕安康。

每一个图案背后，往往藏着耐人寻味的故事。以牛鼻纹为例，其形态源自对牛鼻子的艺术化提炼。相传很久以前，有个富人搭建了洁白的蒙古包，想绣个漂亮图案装饰，却不喜欢巧匠们设计的样式。一天早晨，他看见一头牛边走边吃草，到蒙古包前用嘴触碰包身，留下了牛鼻子的印痕。富人见了十分喜爱，便用这个图案装饰蒙古包。后来，牛鼻纹被广泛应用于建筑、家具、服饰和生活用品的装饰，衍生出单体、双体、连续、边缘等多种形式，成为刺绣中高频出现的图案。

还有一些特别的图案被赋予了神秘而美好的意义。札萨克图刺绣中常会出现蝙蝠——这种只在夜晚活动、全身乌黑的动物，向来不太受人们待见，至少我是如此。尤其是看了《神探狄仁杰》后，一想到蝙蝠，浑身就忍不住起鸡皮疙瘩。但对札萨克图蒙古族人而言，蝙蝠以害虫为食，有益人类，且"蝠"与"福"同音，暗含"福到"的美好寓意，因此常被绣娘们绣入作品。

整理札萨克图刺绣项目资料时，一天，乌云嘎兴奋地告诉我，她采访传承人包正月时，发现了一幅集桃花、石榴、佛手于一体的图案。这个图案是包正月从婆婆那里学来的，三种花果分别代表家中三位女性：婆婆、她自己与儿媳。将三者绣在同一花枝上，寓意她们虽来自不同家庭，却因缘分成为一家人，为家庭兴旺齐心协力，象征着家庭和睦、团结一心、喜乐幸福……

多么美好的寓意啊！她们如此平凡，却又如此不凡；如此简单，却又如此不简单！

走访绣娘们时，常会见到20厘米见方、一模一样的两件绣品，中间由长方形布袋连接——这是乌兰毛都草原蒙古族人的枕头，两端的绣品称为"枕顶"，即枕头两端的挡布。枕头是蒙古族人家极具美学意义的生活用品，时至今日，牧民仍将其作为珍贵礼物馈赠亲友，儿孙结婚时，长辈也会提前制作枕头作为贺礼。传统枕头分单人和双人，单人长约60厘米，双人长约1.1米。枕顶虽仅20厘米见方，方寸之间却藏着宏大世界：草原、日月、山河、花鸟、虫鱼、树木……皆可入绣。比如象征爱情甜蜜、婚姻美满的蝴蝶与鲜花，寓意雍容华贵、繁荣昌盛的牡丹，代表多子多福、好运连连的葡萄，寓意幸福绵长、生活富足的鱼与莲，象征吉祥幸福、喜乐好运的梅花与喜鹊，以及寓意五畜兴旺的鹿、鹤、马、羊、骆驼与福寿双全的松树等。这些枕顶图案丰富、色彩艳丽、做工精致，每一幅都融入了绣娘的丰富想象、深厚情感与美好愿望。一个睡觉时才用的卧具，她们却如此精心描绘，足见对生活的热爱！望着各式枕顶，仿佛看见她们在作画：把自然画在上面，把生活画在上面，把梦想画在上面，也把祝福画在上面。

试想在星河璀璨的夜晚，辽阔草原的温暖毡房里，人们枕着绣有漂亮图案与美好寓意的枕头入眠，梦该有多甜美啊！梦里有湛蓝天空、飘浮云朵、茂密山林、弯弯流水，有成群牛羊、升腾炊烟、飘香乳汁，有阿爸阿妈的呼唤，还有与爱人牵手走过草原的温情……

忽然觉得，那些图案是绣娘心灵绽放的诗行，她们个个都是草原上的诗人。而她们的心灵，比绣出的图案更美。

那花，绣的是爱情

出生于1968年的萨日娜，绣制的荷包、靴子等饰品清秀亮丽，针脚细密。她的讲述也如作品一般，细腻柔和、娓娓道来，仿佛正不紧不慢地绣制一幅绣品。她8岁起跟着母亲学刺绣，母亲去世早，便到奶奶家继续向奶奶、婶婶、姐姐们讨教。每当做完挤牛奶、做饭、打扫卫生等家务，家族女眷们就围坐在一起，在奶奶带领下一边刺绣，一边切磋技艺。奶奶常叮嘱她："要细心，不能马虎，将来嫁人时才有'面子'。"萨日娜聪慧又努力，10岁时便熟练掌握了刺绣技法。

走访中我们发现，90%以上的传承人都如萨日娜这般，承袭了姥姥、奶奶、母亲的刺绣缝制技艺。她们的手艺多是小时候看着祖辈、母亲刺绣，耳濡目染渐渐学会的。而且不止萨日娜的奶奶，草原上许多额吉和绣娘从小就听长辈说：女孩得会做刺绣这类针线活。

千百年来，草原蒙古族群众中流传着一个习俗：人们常以女孩是否具备精湛的刺绣与缝纫技艺，来评判她们是否优秀、是否灵巧聪慧。女孩到了谈婚论嫁的年纪，男方往往会将针线活好坏作为择偶标准之一。擅长针线活、心灵手巧的女孩，不仅会被同龄女子羡慕，也能博得小伙子的青睐。因此，蒙古族人家向来重视对女孩缝制技能的培养——无论普通百姓还是富贵之家，女孩从小就会被督促学习刺绣技艺。

草原上还流传着一个习俗：女孩子出嫁前，要亲手做好靴子、鞋子，作为初见婆家人时的礼物。尤其是给新郎准备的靴子、烟袋、荷包，造型与花纹格外讲究，刺绣技艺更是精益求精。嫁入婆家后，还要为公婆等长辈和亲戚制作靴子、烟袋、荷包等作为馈赠。若是刺绣技艺粗糙，难免会被婆家人轻视。萨日娜的针线活不仅赢得了婆家人的赏识，也为自己挣足了体面——结婚时，她将在娘家绣制的荷包、靴子、鞋子送给婆家人，婆家人则回赠了5头怀犊的乳牛。

如此说来，刺绣对草原姑娘而言，不仅是一项特殊技艺，更承载着她们的尊严与爱情。

我不禁想象萨日娜当初学艺的模样。如今她已步入中年，面容间仍能看出年轻时的清秀与娴静。当年她全神贯注刺绣时，清秀的脸庞是带着浅浅笑意的吧？是否在期待众人的夸赞？一定会的，每个生命都在用自己的光亮证明存在与价值。尤其在从前闭塞的草原深处，刺绣或许是女孩证明优秀的最佳方式。当皎洁的月光洒在她晶亮的绣花针上，她是否在畅想：情郎穿上她绣的靴子、佩上她绣的荷包，会是怎样的模样？一定会的，哪个少女不曾有过人生的花季？橘红色的灯光下，萨日娜白皙的脸庞定是浮着一抹粉红的云霞……

一花一世界，一花一段情。每一朵绣花都像一位美丽的草原姑娘，每一针一线里都藏着她们心中火热的爱情。

我不由得想起在绣娘乌日嘎家的情形。聊得差不多时，我准备为她的作品拍照，她带着几分羞涩与期盼，指着那个金黄油亮的绣花马鞍说："把这个照了呗，这是我家那人最喜欢的。"

那马鞍是纯木质手工制作的，两侧挂着纯牛皮打造的马鞭、马镫、马嚼子等配件，透着十足的气势。尤其是马鞍座上那方抠花绣的鞍垫，格外引人注目：中间的黑色绒布上绣着大红色的蒙古族传统吉祥图案，上下左右各有一只翩翩起舞的花蝴蝶，十分漂亮。不用说，这定是乌日嘎亲手绣的。我望了她一眼，她眼里闪动着温柔的光。我立刻应道："一定，一定，我还要把它放进书里呢！"

只有相知相爱、相守多年，只有相濡以沫、成为一体的两个人，才会这样说话。回味乌日嘎那句"我家那人"，满是"彼此就是彼此"的亲昵，直接又不做作。我也常把爱人称作"我家那人"，从前总觉得这称呼是不是太随意，显得不够尊重对方，可听乌日嘎一说，反倒觉得格外合适、亲切。本来嘛，就家庭而言：他是我的，属于我们的家；我也属于他，属于我们的家。

那花，绣的是热爱

虽说刺绣技艺的传承有草原习俗的推动，但我觉得，更深层的力量源于草原姑娘心底对刺绣的挚爱。

难道所有草原姑娘都会顺从地接受这一习俗——仅仅为了博得外人、男士或婆家人的赞叹才去学习刺绣吗？想来世间定然有脑钝手笨之人，就像我这样反应迟钝、手脚协调能力差、"手都不会分瓣"的，即便想学也难以学好，顶多学个皮毛，绣得粗糙潦草。那怎么办？不嫁人了吗？当然不会。一个女孩子怎能轻易错过生命中的每段历程？那岂不是辜负了此生？该经历的总要经历，人终究是要嫁的。所以我想，绣娘们能一代又一代把这既耗时又严苛的刺绣技艺传承至今，更大的动力，还是她们对这门技艺的深深热爱。有位绣娘曾说："我一天不绣，心里就空落落的。"而绣娘敖顿格日乐的故事，至今仍感动着我——这个故事在草原上广为流传，大家总说她"傻"。

敖顿格日乐是个"80后"，性格开朗、热情又洒脱。那天，她特意从牧点赶回来见我们。我们到她家时，她刚进屋，脱下鞋子就翻箱倒柜找刺绣作品，嘴里用夹杂着汉语词汇的蒙古语念叨："哟，刚回来，没准备好茶啥的。"说完爽朗一笑。展开她的作品，真是绣品如人——她绣的花就像她的笑声一样洒脱奔放：玫紫色锦缎上绣着大朵大朵的牡丹，热烈而浓艳，那肆无忌惮盛开的模样，仿佛要从布面上一路开到地面上来。

接着她讲起自己的故事：她住的屯子地势低洼。有一年夏天，天气预报说要下大雨，政府怕山洪冲毁屯子，动员大家转移。眼见大雨气势汹汹而来，全屯人都带着贵重物品撤离，敖顿格日乐却只拿起未绣完的作品和针线就走，全然不顾其他更值钱的"家底"。从此，她成了家人和屯里人的笑柄："敖顿格日乐真傻。"她说完，又是一阵哈哈大笑，我们也跟着笑起来。

轻松的气氛中，我忽然想起前几天要采访她却没联系上，便问她那天为何没来。她一听，先是一愣，随即大笑："哦，要去中旗参加刺绣比赛，去'嘚瑟'了，烫头发去了……"说完又是哈哈大笑。

在敖顿格日乐心中，刺绣早已超越了金银财物的分量。为了刺绣，她可以超然物外，不问俗事——这份纯粹的热爱，正是刺绣技艺能穿越时光、生生不息的密码。

敖顿格日乐不仅自己痴迷刺绣，还义务为大家讲解技艺——在乌兰毛都苏木举办的刺绣培训课上，她总是免费授课。望着她憨厚的笑脸，看着她毫不做作的真情流露，我忽然想起草原上那自由自在、摇曳多姿的萨日朗，热烈而纯粹。

在乌兰毛都草原，又岂止敖顿格日乐一人？还有许多额吉、绣娘像她一样，将刺绣视为生命中的挚爱。劳动之余，她们宁肯少歇片刻也要绣上几针；甚至放牧时，也把针线、绣品揣在身上，边放牧边刺绣。她们宁肯省吃俭用，也要买回各色丝线。对绣娘而言，刺绣早已不止是为了嫁人、为了博得夸赞——每幅作品都是她们用心、用情、用爱编织的斑斓梦境，让她们魂牵梦绕，甘愿倾情奔赴。

走访中我们发现，每位绣娘都会把自己的绣品仔细包好，或放进布包、皮箱；若要展示，要么装入相框，要么塑封保存，绝不会随意放置。

良花额吉是乌兰毛都草原上远近闻名的刺绣艺人，也是自治区级"札萨克图刺绣技艺"代表性传承人。她的绣品以做工细腻、色彩柔和、整体端庄大气广受喜爱。她从小习得刺绣，绣制作品无数，按说不会太在意一两件成品，可曾有人从她手中买走一件绣品，她竟难过得哭了两天。在绣娘眼中，每件绣品都像亲手养大的孩子，被深深珍视。

还有斯琴高娃额吉，作为"札萨克图刺绣技艺"的代表性传承人，她参加过大小赛事、获奖无数，曾开办塔林乌英嘎蒙古族服装店，还被授予"内蒙古自治区民族团结进步模范个人"称号。多年前她做过心脏搭桥手术，如今虽已步入古稀，却仍在孜孜不倦地刺绣。

是啊，每一件刺绣作品的每一针每一线，都藏着绣娘的至爱亲情，承载着她们的生命寄托，更饱含着对生活滚烫的热爱与深情。

那花，绣的是根脉

在桃合木苏木，我们见到了桃拉。她中等个头，一头短发，动作麻利，说话干脆，透着一股干练劲儿。但她脸上的皱纹，尤其是眼底藏不住的沧桑，让人一眼便知这半生定受过不少苦。一说起刺绣，她立刻道："俺嬷（母亲）是桃合木苏木有名的民间刺绣高手。"

桃拉的母亲努娜从不用绘制图样，只需用手在布料上比量出大致位置，就能绣出精美的图案。当地很多人都曾向努娜学过刺绣。桃拉遗传了母亲的灵气，从小就爱刺绣，七八岁便拿起了针线。作为姊妹六人中的长女，她早早便体贴父母、照顾弟妹，帮着分担家务，可繁重的劳作并未消磨她对刺绣的热爱——哪怕干活间隙，也要抽时间绣上几针。

"那时，我们日子苦啊！"桃拉感慨道。20世纪六七十年代物资匮乏，她常因没有绣花线而发愁。母亲和姥姥便想办法：用麻绳代线，把羊毛纺成线；没有画样的粉笔，就将白色粉笔碾碎后兑水调匀，再用针蘸着在布上勾勒……

贫穷挡不住草原蒙古族姑娘对美的追求，反而激发了她们的创新能力。"缺线"是很多绣娘都遇过的难题，她们却各有应对之法：把白毛巾拆成线，用染料染出五颜六色；将羊毛捻成细线，染色后再绣；实在没办法，就用白色线直接绣。每当寻到几根丝线，她们都视若珍宝。

绣娘的心灵，比她们绣出的鲜花还要美。

观赏刺绣作品时，我发现杏花和牡丹是最常见的题材。杏花是乌兰毛都草原上最早绽放的花，也是最寻常的花——杏树生命力顽强，不挑地势土壤，草原、山坡、高冈上随处可见，甚至石崖上也能看到横空斜逸的山杏枝。可我总好奇：绣娘们是怎么把牡丹绣进作品的？从前交通闭塞，有些姑娘或许一辈子没走出过草原，从未见过牡丹，又是如何想象出它的模样的呢？

仔细观察一双双女式蒙古靴，我发现一个规律：近些年绣制的靴

针袋、烟袋和荷包　　　　　　　　　靴子

子，颜色愈发鲜艳，一朵朵牡丹妖娆绽放；而年代久远的靴子上，多是贴绣的粉红、粉白色花朵，花瓣单薄、模样朴素。我当时便想：这与雍容华贵、花瓣重重叠叠的牡丹，似乎不太像啊？

前两年，我和几位同事为看芍药，专程去了趟乌兰毛都草原，在一个山沟里见到了开满山坡的深粉、粉白色芍药。我猜想，很久以前，这片草原上一定生长着大片大片的芍药。于是又想：草原姑娘们在没见过牡丹之前，会不会是照着芍药的模样，将其绣在了靴子上呢？

其实，芍药与牡丹是否有关联、绣娘笔下的牡丹从何而来，都不重要。重要的是它们承载的寓意：芍药被誉为"花仙""花相""五月花神"，自古被视为爱情之花，如今更是七夕节的代表花卉；牡丹则象征富贵吉祥，寄托着对幸福与繁荣的祈愿。无论芍药还是牡丹，都是美好的象征，而科尔沁蒙古族的先祖，很早以前就将这些美好的祝愿绣进了绣品里。

这些如花般美好的期待与祝福，想必源自久远的过去，生长在草原人的内心深处，又连绵不断地盛开在广袤草原上。

据史料记载，1206年铁木真统一蒙古各部后，按古老习俗将广阔领土作为"忽必"（份子）分封诸弟子。其中，二弟哈萨尔的领地在额尔古纳河、呼伦湖和海拉尔一带；幼弟斡赤斤的领地在蒙古高原东北角，与哈萨尔的领地相连。按"幼子守灶"传统，斡赤斤与母亲

枕顶

耳帽

诃额伦共分得1万户，牧地以今哈拉哈河一带为中心，如今科右前旗境内的洮儿河、归流河，在元朝时都属斡赤斤家族的领地。1547年后，游牧于额尔古纳河、呼伦湖附近的成吉思汗二弟哈萨尔的后代，逐渐迁至科尔沁草原，来到乌兰毛都草原，成为这片土地的主人。

一项刺绣技艺的传承史，便是一部科尔沁草原蒙古族人自强不息的发展史。它承载着乌兰毛都草原上，科尔沁蒙古族人对未来美好生活的渴望与祝福。

在历史长河中，科尔沁蒙古族人逐水草而居，没有固定居所——家是移动的毡房，勒勒车与牛队载着他们在草原上迁徙，放牧牛羊，也放牧着流转的光阴。但无论以何种方式行走，他们从未放弃对美的追求与热爱，从未停止对未来的美好祝福与向往。无论勒勒车多么拥挤，绣娘们都会带上刺绣的针线；无论漂泊多久，都要把这份美一代又一代传承下去。

我仿佛看见，一树树生机盎然的杏花、一朵朵火红灿烂的萨日朗、一枝枝婀娜多姿的芍药，盛开在辽阔草原上。而它们的根，正一寸一寸往山石深处、泥土底层伸展，坚韧地扎进这片土地的肌理……

这时，我突然想起两个字——根脉。

阿妈的蒙古袍

"衣为何?"

从乌兰毛都苏木非遗代表性传承人年度考核会出来,传承人身上一件件华丽的蒙古袍,像一幅幅绚烂多彩的画面,蒙太奇般浮现在我的脑海里。

远处群山沉静苍茫,如历经岁月的长者;山顶浮卧的白雪,温柔静美。驻足在12月北疆的高山草原上,我竟一点儿也没感觉到冷——那一件件五彩斑斓的蒙古袍正温暖着我的心。

年轻的图雅穿着深红色蒙古袍,像一团燃得正旺的炭火,顷刻间驱散我的一身寒气。初一和乌兰的草绿色蒙古袍,洋溢着盎然生机与青春活力,让我嗅到了春天的气息。乌仁其其格额吉这次穿的是黑底绣花蒙古袍:一枝花从衣领右端绣到左端,再蔓延至前襟,像一个大大的"?"盘绕在衣领与胸前。蒙古袍的前后身都绣着大朵鲜花,袖口也绕着一圈花。那花有根、有枝、有叶,于笨拙、质朴中透着灵气,整件袍子像夏日里开满五颜六色鲜花的土地,藏着湛蓝、深紫、墨绿、湖蓝等色彩;牡丹、杏花、菊花、桔梗、小黄花在布上绽放,还有甩着尾巴的游鱼、五彩斑斓的蝴蝶、憨态可掬的小鹿……我忽然有种时空错位的恍惚，仿佛晴空万里、白云悠然、青草芊绵、鲜花盛开的盛夏草原，正铺展在眼前。窗外冰天雪地、天寒地冻，室内却因这件袍子温暖如春、景色宜人——蒙古袍竟把北方的寒冬，渲染成了夏日的草原。

我的心被这绚烂浸染，满脑子都是那个问题：衣为何？蒙古袍仅仅是一件衣服吗？

一

在乌兰毛都草原，穿蒙古袍的人随处可见，他们像草原上的鲜花与绿草，早已成为这片土地的一部分。若遇上重要日子——那达慕大会、敖包祭祀，或是逢年过节、老人过寿、举办婚礼，人们便能大饱眼福：颜色更鲜艳、制作更精致、款式更丰富的蒙古袍齐聚一堂，不仅把人装扮得愈发漂亮，更把草原点缀得格外亮丽。

男人身着宽松的蒙古袍，宛如披着战袍，尽显马背民族的威武勇猛；女士则被蒙古袍衬得如花般美艳——脸庞是花心，整个人似一朵朵移动的花，一年四季绽放在草原上，让这片土地永不单调。乌兰毛都的蒙古袍，像兴安岭的杜鹃花，美艳而不俗气；像草原上的萨日朗，热烈而不轻浮；像山坡的芍药，端庄内敛而不张扬；像山涧的杏花，坚韧含蓄而不傲气……

我忽然明白，我们平时穿的只是衣服，而蒙古袍早已超越了"衣"的功用，也超出了人们对服饰的寻常期待。

说到衣服的功能，首先是蔽体，其次是御寒，再次是修饰身形。如今物资丰富，人们选衣服时不再过多考虑前两者，更多琢磨的是"什么样式能让自己更漂亮、身材更完美"。现代服饰款式多样，无论体型如何，总能找到既能修饰身材、又彰显个性的选择。像我这样个头不高、体重不轻的人，逛街时满脑子都是如何遮掩缺点，让身形显得更修长匀称。但面对蒙古袍时，这些念头全消失了——我分明在欣赏一件文化内涵深厚的艺术品。

一件蒙古袍，是艺术品，更是蕴含丰富文化的符号。每个地区的蒙古袍，都是当地的文化标识。

乌兰毛都草原的蒙古袍被专家归为"科尔沁体系"，这要从其历史渊源说起：哈萨尔原本拥有蒙古族肇兴之地——额尔古纳河流域、海拉尔河和呼伦湖一带，他的后人于16世纪南迁，主要一支分为阿鲁科尔沁和嫩科尔沁等。清初建旗时，以嫩科尔沁为基础建立哲里木19盟，下辖科尔沁左翼前、中、后旗，科尔沁右翼前、中、后旗，以及郭尔罗斯（前、后二旗）、杜尔伯特、扎赉特四旗，统称"科尔沁十旗"。乌兰毛都草原隶属科尔沁右翼前旗，是成吉思汗二弟哈萨尔后裔的聚居地，因此被称为"科尔沁部"，流传至今的蒙古袍也就被归入"科尔沁体系"。

在演进传承中，乌兰毛都草原的蒙古袍还受到清朝服饰及其他蒙古族部落服饰的影响，这要从一段蒙满联姻的故事说起。

历史上，清朝实行"南不封王，北不断亲"的基本国策，科尔沁部蒙古族人常与清廷互通婚姻。早在天聪八年（1634年），诺日布台吉迎娶了郑亲王济尔哈朗的养女萨木嘎其其格公主，公主带着随嫁族人随他返回大草原。他们的后人逐水草而居，最终定居在如今的满族屯满族乡。由此，乌兰毛都草原上的满蒙民族交融日益深厚，在文化与生活习俗上相互影响、彼此借鉴——反映在服饰上，便是蒙古袍融入了满族文化中奢华绚烂的元素。后来，因战争、饥荒、草原放垦等原因，喀喇沁、阿鲁科尔沁、东土默特等地的蒙古族人向北迁移，逐渐演化出如今富有乌兰毛都地域特色的科尔沁风格服饰，又称"札萨克图服饰"。但无论如何变迁，乌兰毛都蒙古袍的款式与风格大体未改，仍保留着质朴、简洁、端庄、亮丽、实用的特点。

当地日常穿着的蒙古袍多为纯色布料制作：男式蒙古袍无刺绣图案，仅在衣领和衣大襟边缘绲边。女式的夏季蒙古袍，多在衣领和大襟处绲边或镶边；春秋季穿的蒙古袍带衬里，衣领和前襟绣一圈花纹，前后身通体绣满鲜花，部分衣袖也绣有花纹；冬天穿的夹棉蒙古袍，多为纯绿、纯蓝色，一般在领口、前襟和袖口处绣花，花纹比夹袍小且少，更为朴素。此外还有更御寒实用的款式，或为吊面，或露出羊毛白茬。

无论男女，无论春夏秋冬，蒙古袍的款式大体一致：下摆外撇，配小圆立领（领高约一寸），气口小（有的甚至无气口），右衽；男式多接马蹄袖，女式则少见。男女皆扎腰带：男式腰带多为丝绸、棉布质地，上等者为皮质，装饰有珊瑚、银质或铜质钉扣，十分精美；女式腰带则多为各色丝绸或布料。尽管时代发展让蒙古袍融入了诸多现代时尚元素，版型也更修身，但原有样式基本未变。

乌仁其其格额吉 1948 年生于乌兰毛都草原。上次去她家拜访，聊完天拍照时，老人穿的并非传承人考核大会上那件黑底蒙古袍，而是一件翠绿色的蒙古袍——前后身绣满鲜花，是她亲手绣制的。蒙古袍衣襟长及脚面，老人穿上却丝毫不显笨拙，反倒透着股年轻精神的劲儿。左侧衣襟严严实实地压在右侧衣襟上，重合了好大一片，腰间系着一条墨绿色腰带，整个人像站在一个漂亮的花桶里，既密密实实又大气敞亮，有种遥远而辽阔的感觉。蒙古袍与老人仿佛构成一个宽松庞大的闭合整体，浑然一体，自成一个世界。我望着老人暗自思忖：若是蒙古袍再短一点会是什么模样？若是衣领像古装剧里那样高高竖在脑后，又会是怎样的光景？

曾与一位牧区老干部交流，他说在划定草场固定放牧前，牧民一年四季过着游牧生活。那时，一户人家通常有三辆勒勒车：一辆拉蒙古包，一辆拉粮食、柴火等生活资料，一辆拉锅碗瓢盆等用具。家境稍好些的则有五辆勒勒车载运物品。茫茫草原上，勒勒车队逶迤前行，蒙古袍便派上了大用场：一路上，长及脚面的袍子将霜雪寒风挡在外面，把人护得严严实实；行进中累了，停下车席地而坐，蒙古袍可当垫子；有书中记载，蒙古袍的袖子能作枕头，底襟能当褥子，大襟能当簸箕（用来装东西），后裾能当斗篷，怀里能当口袋，马蹄袖能当手套。一件蒙古袍，既可作衣，又可作被褥枕头，还能作装物品的簸箕——拿东西时用大衣襟兜起来即可。腰间系条腰带，既能护好腰背不受寒，骑马奔跑时还能稳住腰身，避免心脏和肋骨受伤；更妙的是，扎上腰带后，腰部便成了一个宽松的"口袋"，可存放诸多细软小物件，堪比现今的包，让人解放双手，不用走到哪儿都拎着包，还不怕弄丢。尤其是男式蒙古袍更为宽松，从前里面常放着火镰、荷包、鼻烟壶、蒙古刀，甚至碗筷。马蹄袖也不只是装饰，冷了放下来可当手套，热了挽起来，既美观又简洁。真可谓一衣在身，足以行走草原。游牧生活中，随身携带的东西越少越好，一件蒙古袍抵得上多少家当啊！它的诸多优点，让它堪称草原上的"神器"，是祖先们顺应自然、克服生活困难的智慧结晶。

我盯着蒙古袍出神的模样被老人看在眼里，她用蒙古语问陪同我们的人，大意是：是不是觉得太长了？我会意地点头微笑。老人说："不长，冷；长，风进不来。"寥寥数语，让我长久的思索瞬间有了答案。

这背后，是流淌在血脉里的智慧。为了应对北方的严寒，适应草原的自然环境，游牧民族的祖先们将衣服做得宽敞肥大——无论是野外放牧、游牧迁徙，还是纵马驰骋、大步前行，都不受拘束、不被牵绊，行动与骑射都灵活自如。蒙古袍的立领高度恰到好处，不卡头、不杵颈，能将寒风与沙尘稳稳挡在衣外；长长的蒙古袍将人严严实实地护在其中，既能抵御草原风雪的侵袭，又能防备自然蚊虫的叮咬。为了应对居无定所、不断迁移的游牧生活，他们化繁为简，将一件衣服的功能发挥到了极致：可衣——遮风避寒，可用——充当生活用具。

蒙古袍大体分为四种。第一种是单袍：夏季穿着，面料多为缎子、棉布、丝绸等。男款通常绲边，女款则绲边或镶双边。第二种是夹袍（带内衬的长袍）：春秋季穿着，面料与做法同单袍。第三种是棉袍：当地称"帕嘛"，中间絮一层棉花，纯手工缝制，每隔一寸左右绗一道线。这对缝制技艺要求极高——不仅要看行间距是否均匀，

夹袍　　　　　棉袍　　　　　　　皮袍

每一行的针脚是否匀整顺直，更因棉袍外露穿着，绗线里外都需工整一致，内外看同样精细。第四种是皮袍：种类繁多。依羊皮材质与处理方式细分：如"呼如本德勒"羔羊皮袍，用一个月左右羔羊的带卷毛皮制成吊面儿款；小滩羊皮袍用70~80天羔羊的皮缝制，一件成人袍约需13张；大滩羊皮袍用80~100天羔羊的长卷毛皮制成；"乌珠尔德勒"二茬皮袍用一年剪两次毛的羔羊皮制成，大毛羊皮袍则用秋季剪毛两个月后的羊皮；白茬皮袍用春季剪毛、冬季宰杀的羊皮制成；翻毛山羊皮大衣，是寒冷冬季套在大毛皮袍外的皮装，用冬季宰杀、毛长绒密的山羊皮制成……

　　盟级蒙古族服饰传承人敖特根最擅长制作皮袍，从熟皮子到成衣均由她一手完成。若说会缝制皮袍的是真正的手艺人，那么精通熟皮子的便是真正的匠者——诸多环节全凭匠者的经验与观察把控。许多额吉、姑娘会做蒙古袍，却未必懂熟皮子。敖特根的熟皮子技巧学自母亲，方法有二：第一种是牛奶加盐法，往牛奶中加些盐，倒入小缸，再放入羊皮浸泡，其间需定期翻转以保证浸泡均匀。大羊皮需泡一周左右，羔羊皮则两到三天即可熟好。第二种是玉米面混合法，在皮面上撒玉米面，加些水和牛奶，使其充分融合后均匀铺在皮面，再将皮面工整叠好放在炕上。若白天叠放，晚上需翻转，如此反复两到三天。用手指在皮面上划一下，若呈现白色条纹，便说明羊皮已熟好。熟好的皮子不再硬邦邦，变得柔软，适合缝制。

《永远的乌兰毛都》画册中，有一张1938年冬季的黑白照片，拍摄的是满族屯"三大白音"（三大富户）之一的森普勒梅林胞弟朝木布格尔一家在蒙古包前的合影。一家22口人，从长者到孩童，无论男女都穿着羊皮蒙古袍。有的衣领和大襟用半寸宽的布包边，有的则直接露出白皮茬，足见当时羊皮蒙古袍是主流服饰。

在更遥远的岁月里，生产力低下、物资匮乏，牧民们要抵御北方刺骨严寒，只能依赖身边可及的材料，毛皮便是最廉价、最直接的选择。他们根据毛皮的柔软度、厚薄与大小，分别制成适合大人、孩子，适合野外放牧、能抵御冬季严寒的各式皮衣。

我想，这便是智慧——为解决问题而生，是勤奋者与强者的思维结晶。一件蒙古袍，凝聚着游牧民族的智慧，体现着他们顺应自然、与自然和谐共处的理念，更见证着他们勇于面对现实、挑战困难，为创造美好生活而不断思索的历程。

二

说起智慧，秋英的故事尤其让我惊叹。她无师自通，做衣服从不像普通裁缝那样用皮尺量完再计算尺码——只需看皮尺折叠的尺寸，便能精准掌握肩宽、胸围、腰围、臀围等数据。

秋英1967年生于乌兰毛都草原桃合木苏木乌申一合嘎查，是盟级"札萨克图服饰"传承人。她的母亲擅长制作蒙古袍，她自幼耳濡目染便学会了这门手艺。更令人称奇的是，15岁时她就会给同学做西服、中山装，28岁在家乡开办秋英民族服饰店，后来又把店开到了旗里。我便是在她旗里的店内见到了她。

一走进秋英的服装店，两组蒙古袍立刻吸引了我的目光——都是情侣套装。

一组中，男款蒙古袍用纯烟色布料制成，前胸绣有蒙古族传统吉祥纹样，立领设计，领边、衣襟以橘黄色丝绸绲边，腰间扎一条橘黄色腰带。领口有一道扣子，右衽前襟三道，裉处一道，胯处三道，所有纽扣都是银质的。旁边的女款是褐色底子缀黄色小碎点，腰间也系着一条绣有蒙古族吉祥图案的橘黄色腰带，与男款不同的是，它是下翻平领，领口一道扣子，右衽前襟两道。

另一组是两件同色同款的蒙古袍，墨蓝色底布上缀满黄色小点，像夜晚天空的繁星，两件都扎着橘红色腰带，显得挺阔精神。它们都是立领、右衽，领口一道扣子，右衽前襟三道，裉处一道，胯处三道。

我正琢磨两组衣服的差异，秋英指着后一组同色同款的蒙古袍说："这才是我们这儿正经八百的传统蒙古袍。"她特意加重了"我们这儿"和"正经八百"的语气，又扫了一眼前一组男女不同款的蒙古袍，带着几分无奈拉长声音说："那是人家要的样式啊！"显然，她的情感更偏向"我们这儿"的传统款。

说实话，秋英做的衣服修身精美，可她本人并不纤瘦——高高的个子，微胖的身材，一头卷发，大脸盘，眼睛不算大，往那儿一站却自有气势，像极了蒙古袍的大气宽敞。我问："这两款有什么不同呢？"她抬起头，用手比量着肩膀说："你看这立领，一穿上多气派，把男人的威武、英勇都显出来了！"她边说边拍拍胸脯，挺起胸膛，眼睛里闪烁着明亮的光，透着坚定的自信与昂扬——那是属于英勇、力量与威武的神采。

我想，她一定是哈萨尔的后裔，是真正的科尔沁儿女。她说的"我们这儿"，想必就是科尔沁吧。

秋英又撩起眼皮，瞅着那件翻领的衣服说："你看那件，就穿不出这股劲儿来。"我好奇地接话："我看有的立领比咱们这儿的还高呢。"她不屑地撇嘴："那就是图好看，不实用。领子太高杵脖子，多难受！咱这才叫简单、好看又实用。"

秋英对服饰的理解与追求，或者说对服饰艺术的信仰，有着骨子里的坚持——那想法像从骨头里长出来，从血液里流淌出来，带着不容置疑的笃定。

而我愈发确信：一件蒙古袍，绝不是普通的衣服。

在乌兰毛都草原，许多阿爸、额吉的衣服都是这样的款式：立领，领子与衣襟缝三条边，右衽前襟系三道扣子，胯处也钉着三道。这些边不是随意缝的，扣子也不是想钉几个就钉几个，其中藏着深意。三道边分别代表天、地与父母。右衽前襟三道扣子的含义是：第一道表达对先祖智慧与血脉的崇敬；第二道表达对自我生命的珍爱；第三道是祝福穿衣者在智慧光芒下躲避灾祸、远离无知愚昧，开启光明人生。偏襟胯处的三道扣子寓意为：第一道寓意对正直善良的守望，第二道寓意对自然万物的感恩回报，第三道寓意历事成人、荣耀家乡、祥和万物。

无论哪种说法，都能让我们感受到人们对天地、自然、父母的敬畏与爱，对真理的尊崇，以及对未来的向往与自我祝福。这些美好的寓意，如同蒙古袍本身一样美丽。

这时，我的脑海里不由得蹦出一句话："要系好'人生第一粒扣子'。"蒙古袍从小就穿在身上，天天穿着，甚至夜里可当褥子铺、当被子盖，日夜不离人身，与人同呼吸、共命运，和人的关系是真真切切的荣辱与共、休戚与共。一件蒙古袍穿在身上，穿衣者从小就时刻将天地、自然、祖先、父母的恩德铭记于心，从小把父母的教诲时刻记在心间，从小把对生命的敬畏深怀于心。蒙古袍上没有文字，却讲述着至理箴言；蒙古袍上没有一句话，却藏着千言万语。它不是一件普通的衣服，而是敬畏，是爱，是生生不息的希望。

更令我惊叹的，是蒙古族祖先不拘泥、不教条，根据实际情况删繁就简的智慧。当我问起蒙古袍裉下为何不是三道扣子、而只有一道时，秋英解释道："因为这里是腋窝下，系着不方便，所以只缝一道。"蒙古袍的制作就是这样，该讲究处极力渲染，该简化时绝不拖沓，既尊重传统，又实事求是，始终以便于劳动与生活为根本。

学者郭雨桥曾这样评述蒙古族服饰：蒙古部族的服饰及其组成的一切都是符号。所谓"道器合一、文物一体"，道与义便是这些符号的内核。蒙古袍就是穿在身上的教科书，它规范着社会生活，维系着道德伦理，更传播着绵延不息的游牧文明。

大道至简。人道、天道、自然之道，竟都藏在这一件蒙古袍里，在针脚间流转，在衣襟上传承。

三

《元史·舆服志一》记载："质孙，汉言一色服也，内庭大宴服之……"何为"质孙"？便是元代蒙古民族依传统礼俗举行国宴时穿的礼服。"质孙"意为"容貌"，因而质孙服可理解为"与面貌相应的制服"。可见蒙古袍从来不止是一件衣服，更象征着人的容貌。而"容貌"是尊严的外显、心灵的投影，故而需郑重对待、精心缝制，一件蒙古袍里，往往倾注着制作者无尽的心血与深情。

无论是采写乌仁塔娜额吉的刺绣技艺时，还是在传承人考核大会、各类活动场合，她总不善言辞，只是低着头不停地绣啊、缝啊。几次想和她攀谈，一打听才知她总在为这个孩子、那个孙子赶制蒙古袍，便不忍心打断。在有生之年给晚辈多做几件蒙古袍，是许多老额吉、绣娘的心愿。在刺绣与服饰传承人中，年逾七旬的额吉就有十多位，几乎每位都为儿女、孙辈做了单袍、夹袍、棉袍等数套衣物。在她们心中，这是桩必须完成的事，带着沉甸甸的使命感与仪式感。

为家人做蒙古袍，是长者对后代的叮咛与呵护，是藏在针脚里的爱与嘱托。我不禁想象，孩子穿上这些衣物时会是怎样的心情？每一针都浸着母亲的目光，每一线都缝着母亲的牵挂。蒙古袍里的祝福太厚重：它用丝线牵起日月，把寻常日子密密缝进漫长岁月；从远古牵到今天的线，足以抵御岁月风霜，消融草原寒冬的凛冽，甚至弥补时光的缺憾。这祝福又太博大，装得下天地，容得下众生。它更无价——无论你身在何处、境遇如何，蒙古袍总会陪着你，带着无尽的牵挂与深情，从远古的游牧时光里、从科尔沁部落的血脉中走来，静静传承。

我仿佛看见，在遥远的时光隧道里，无数位母亲赶着勒勒车缓缓走来。她们一代接一代游走在草原上，大地无言，默默承载着她们的足迹、悲欢、笑语，也承载着她们的顽强、勇敢与祈愿。草原就像一位母亲，以足够的爱与耐心，在安静中蕴蓄刚毅，在无言中诉说着至理箴言、人生哲理与绵长的草原情丝。

我忽地想起非遗传承人考核会上，乌仁其其格额吉穿的那件黑底绣花蒙古袍。袍上盎然绽放的花，与其说像牡丹，不如说更像我们家乡的西番莲——一种蔷薇科的花。

小时候，我家房前的园子里每年都种这种花。每到秋天，母亲总会把花根挖出来，装进盆里挪进屋内。那时家里十来口人挤在一间屋子里，本就局促，可她还是年年把装着花根的盆挪进来，在柜子下面的角落挤出一块地方安放，等来年春天再栽回园子。西番莲皮实得很，透着股韧性，哪怕不用太费心侍弄，也能开得灼灼烈烈、五颜六色。花枝能长到一米多高，大的花朵有大碗那么大，一朵朵挤着挨着竞相绽放，花期又长，能热热闹闹开到深秋。

每当母亲给花浇完水，一边擦汗一边望着花丛时，她的眼睛里总闪烁着一丝异样的光，嘴角浮起淡淡的笑意——那花里有她的日子，有她的寄托，有她的爱，有她的祝福，也有她的期盼。

此刻想来，母亲望着西番莲时眼里的光，与乌兰毛都草原上额吉、绣娘们望着蒙古袍上花朵时眼里的光，竟是那样相似。那光里藏着的，都是对生活最朴素的热爱，是把日子过出滋味的执着，是把期盼缝进时光的温柔——无论是一盆花，还是一件蒙古袍，都成了承载这份情感的容器，让平凡的日子有了沉甸甸的分量。

乌仁塔娜额吉低着头专注地缝着，微驼的背向前微倾，那背影和母亲为我们缝制衣服时的模样，竟如此相似。望着额吉手中渐渐成形的蒙古袍，耳边忽然响起《阿妈的蒙古袍》的旋律：

一粒粒晶莹的盘扣，

像珊瑚碧波中闪耀。

一朵朵七彩的云卷，

是彩虹把你环绕。

一针一线串着我儿时的啼笑，

缕缕柔情绣满了马背的童谣。

阿妈的蒙古袍，阿妈的蒙古袍，

你裹着我入睡，我披着你长高。

一丝丝淡淡的体香，

伴春风吹绿了嫩草。

一片片斑驳的乳渍，

是大海深情的波涛。

展开是蓝天，放飞着雄鹰的向往，

铺开是绿野，绽放着花朵的妖娆。

阿妈的蒙古袍，阿妈的蒙古袍，

我心中的珍爱，蒙古人的传家宝。

展开是蓝天，放飞着雄鹰的向往，

铺开是绿野，绽放着花朵的妖娆。

阿妈的蒙古袍，阿妈的蒙古袍……

《阿妈的蒙古袍》这首歌由兴安盟的王守宪老师作词，全国一级四胡演奏家、同样来自兴安盟的阿古拉老师谱曲，著名歌唱家齐峰演唱，荣获2009年内蒙古自治区精神文明建设"五个一工程"奖。第一次听到这首歌时，我便被歌声中流淌的深情深深打动——它精准捕捉了蒙古袍的美丽、蕴含的大爱，以及那份辽阔而深远的意蕴。

蒙古袍是绚丽的，如彩虹般晕染着七彩斑斓；蒙古袍是鲜活的，每一道扣子、每一朵绣花都跳动着生命的律动；蒙古袍是盛满情与爱的，裹挟着母亲的体香、无尽的牵挂与祝福，传承着蒙古族人的智慧、哲思与血脉情感；蒙古袍更是辽阔而厚重的，展开如蓝天铺展，铺开似绿野绵延……

说蒙古袍是一件艺术品，绝非虚妄。即便是技艺精湛的绣娘，绣制一件绣花蒙古袍，往往也需耗费一年半载的时光。而王守宪老师究竟经过了多少细致的观察，倾注了多少细腻的情感，才能写出如此传神、贴切又富有内涵的歌词？自治区成立六十周年时，作为内蒙古自治政府诞生地的兴安盟筹备庆祝活动，却苦于没有合适的歌曲。此时，王守宪老师从办公桌抽屉里小心翼翼取出打磨了三年的歌词——这份雕琢的用心，恰似阿妈绣制蒙古袍时的虔诚，既让我们看见一位艺术创作者对艺术的敬畏、热爱与尊重，更能感受到他对母亲的深情，以及对大地、对草原的赤诚眷恋。

我仿佛看见湛蓝的蒙古袍铺展在无边天际，袍上的花化作一朵朵七彩祥云，在天上悠悠飘荡；又仿佛看见绿色的蒙古袍铺展在辽阔草原，那姹紫嫣红的绣品在风中轻轻摇曳，与脚下的花草相映成趣；更仿佛看见乌仁其其格额吉那件黑色蒙古袍

蒙古袍和马甲

一路铺展到天边，袍上的花化作山，生为树，茂为草，奔涌成河，又变作欢腾的牛羊、跳跃的小鹿、疾驰的蒙古马……

在草原上，蒙古袍的颜色愈发鲜艳多样。尤其到了夏季，蓝色、粉色、绿色、紫色……无论哪种艳丽的色彩，都能与蓝天、草原、大地自然相融，非但不觉得跳脱，反倒让草原更添灵动靓丽。尤其是以蓝、绿、黑为底色的绣花蒙古袍，无论是绣满全身的繁密图案，还是只缀在领口、衣袖的简约纹样，都与袍身浑然一体。大红大绿的蒙古袍能在草原上如此和谐，正因它的底色是蓝天的澄澈、草原的辽阔、大地的厚重，藏着母亲般的胸怀、博爱与坚韧。

厚德载物，宽以天下。

蒙古袍绝不仅是一件衣服。它是一部行走于天地间、吸纳日月光华的书，记录着纷繁世事与人生阅历，经得起岁月的风吹雨打。那书里写满百折不挠的刚毅，写满探索与智慧，更写满磅礴的大爱。

在漫长的岁月里，蒙古袍承载着一个民族的发展史，镌刻着祖祖辈辈的叮咛，也延续着代代相传的祝福。

世界缤纷

世界瞬息万变，又如此缤纷多彩。

在书写剪纸技艺传承人小传时，看着她剪出的一幅幅活泼灵动、淳朴厚重的作品，我们常情不自禁地陶醉其中。那方寸之间气象万千、烂漫多姿，包含动植物、人物、自然风光、风土人情、生活场景，构成了一个看似无声却五彩斑斓、生机盎然的世界。而最令人敬佩的，是那些能在一张张空白纸上创造出有血有肉、有形有色、丰富多彩的世界的人们。

星期一：如生命之初般迎接美丽晨曦

天空与大地拉开距离，显得寥廓高远。草原褪去了夏日的盛大与热烈，透着静谧与端庄。乌兰毛都草原，又迎来一个秋天。

初秋时节，我们约好采访包玉荣——盟级"科尔沁蒙古族民间剪纸"技艺传承人。抵达时，她已从学校赶回家中。她脑后梳着一条马尾辫，戴着一副近视镜，内穿白色毛衫，外搭一件咖啡色镶边的蒙古式马甲。她微微含笑，为我们打开大门。

"包老师，打扰您了。"

"没事，正好上午没课。"她语气温和。

好文静啊！我心想。随后我们被让进屋内，只见屋里干干净净，摆设井井有条，散发着淡雅的气息。茶几上已摆好奶豆腐、粿条之类的食品。一位身材魁梧的男人端着水果盘走进来，包玉荣略带羞涩地介绍："这是我家先生，他听说你们要来，特意从单位赶回来了。"原来她爱人在乌兰河保护区管理局工作，正好今天有空，特意回来帮忙招待。

"真是幸福啊！"我感叹道。包玉荣脸上立刻浮起一抹绯红，她捂住嘴看了爱人一眼，弯着眼睛含笑说："还行！"她爱人则含笑不语，忙着拿水果、递奶茶。

包玉荣曾在师范学校美术专业学习，毕业后便回到乌兰毛都小学任教，至今已有多年。她拿出一摞剪纸作品，其中既有教学生的示范作，也有学生们的习作，还有她自己的创作。十二生肖剪纸尤其令我感兴趣。人们常说"文如其人"，剪纸作品亦是如此。她的十二生肖剪纸构图简单、质朴又风趣：回头仰望的小马与老鼠，低头觅食的小兔，昂首的鸡，凝视的牛，站立沉思的小羊，悠然踱步的虎……每个生肖动物都透着一种安静的气质。

比如一般剪纸里的鸡，常是高仰脖子、傲然鸣叫的模样，而她剪的鸡，羽毛舒展整齐、色泽美丽、全无伸颈昂首的傲慢；再如她剪的老虎，一条前腿着地，另一条后腿刚抬起，仿佛正一边漫步一边欣赏风景，完全没有不可一世的凶悍。她的作品中，很多部位用了直角，显得有些稚嫩：老鼠尾巴外围是直角，末端才微微卷曲；就连龙，也不同于常见剪纸中弯曲的身姿，而是以直角挺立。

但她的每幅作品都精准捕捉了生肖的性格：小猪和小狗满身花纹，内敛中透着活泼。尤其那小猪，嘴里叼着一枝花，快乐又幸福，好似正兴冲冲地要去见情人。小狗不仅背上有花，前肢还举着一枝，仰头含笑，仿佛在对谁炫耀："看我这花漂亮吧！"大概是要献给心仪之人呢。

一幅以廉洁为主题的作品也很动人：环绕的绮纹中，一朵朵盛开的莲花簇拥着"廉洁文化"四个字，风格质朴却意蕴深刻。她还把创意融入日常物件：白色布袋子上印染着飘逸的祥云，挂历上是憨态可掬的卡通牛。

阳光升至半空，天空愈发明净，草原满是温馨祥和。

要给她拍张剪纸的近照时，她拿来纸笔和剪刀，安静地坐在桌前，那神情像极了在校的大学生。四十几年的风雨，未曾消磨她的质朴与纯真，她依然葆有心底的纯粹与宁静。她的世界，就像草原的天空般明朗、清新、纯净、美好，她的生活亦是如此。每个新的一天，她都以生命最初的模样，迎接草原上的晨曦。

真是幸福啊！

星期二：行至半途，发现生命依然可以如此执着

"科尔沁蒙古族民间剪纸"是自治区级非物质文化遗产代表性项目，巧云是该项目的自治区级代表性传承人。遗憾的是，我未曾与这位艺人谋面，她的事迹都是从熟悉她的人那里听来的。听罢，我不禁惊叹：生命竟可以如此执着。

巧云是一位蒙古族老人，1943年出生，2021年离世。她是土生土长的科右前旗人，曾任中国民间文艺家协会会员、中国诗歌文化中心研究员、"中国老年书画艺术"编辑部理事、中国书法美术家艺术创作中心教授、国际羲之书画院名誉院长。2007年，巧云获得"共和国杰出艺术家"荣誉勋章，并被世界华人艺术研究会评为"中国艺术年度人物"。

她的作品被编入中国大型艺术文献《伟大的文艺复兴》；曾应邀参加中日邦交正常化30周年画展，作品《蒙古族民间装饰图案》斩获奖项；2003年，她在家乡举办个人画展，许多作品被蒙古国、日

本、韩国等国家的国际友人收藏；2009年，她出版了《巧云蒙古族图案作品选》……单听这些事迹，便知她有多了不起。

巧云从小就对蒙古族图案有着特殊的兴趣。她常常痴迷于母亲做的鞋子和帽子上的漂亮图案，于是背着母亲偷偷描摹上面的纹样——没有纸，就撕下一块窗户纸来画、来剪。六七岁时，她就已小有名气，村里的妇女常来求她画蒙古靴的图案，或是为门窗剪些装饰纹样。

长大后，机缘巧合之下，巧云成了一名老师，后来又调到盟档案局担任资料管理员。一天，她在单位闲坐时，随手剪了几个动物图案放在桌角。一位同事看见后爱不释手："这是艺术品，你怎么能随便扔呢！"这句话深深触动了巧云对蒙古族剪纸的情结，仿佛有一个声音在向她召唤——要传承蒙古族剪纸艺术。其实，她心中从未放下过对蒙古族图案的热爱，那是一片神圣的领域，有千变万化的风景等待她去描绘。

1996年，53岁的巧云办理了内退手续，重新拿起了画笔。年过半百、走过人生大半旅程的她，终于找回了自己的梦想。从此，她以超人的毅力边创作边积累，几乎到了如痴如醉的地步：吃饭时想起一个图案，立刻放下筷子去画；睡梦中梦见一个纹样，醒来就赶紧起身记录。为了传承蒙古族民间图案艺术，她不顾年迈体弱，深入农牧民中间，挖掘北方少数民族在生产劳动中创造的丰富多彩的民间绘纹图案，短短几年便积累和创作了几千幅作品。

2000年，她应邀参加在北京举办的民族艺术博览会，与会艺术家看到她的作品后都惊叹不已："内蒙古居然有这样的能人！"为了提升技艺，巧云萌生了进修的想法。2003年，年近60岁的她不顾四个儿子的反对，提着装有笔、纸、剪刀等用具的"百宝箱"，只身来到内蒙古大学进修。

那时，她的小儿子刚大学毕业，家里经济紧张：她既要偿还老家的房贷，又要承担自己在呼和浩特的吃住费用。为了省钱，她先和大学生合租，后来觉得不便，又在内蒙古大学附近租了一间多年无人居住的房子。为缓解经济压力，她一边学习创作，一边打工赚钱，给大学生讲授剪纸艺术和蒙古族图案知识。在呼和浩特的一年里，她先后搬了7次家，却始终努力克服各种困难，完成了学业。

巧云设计的图案与剪纸作品充满生机，流淌着草原风情画卷般的美感。传统云纹、牛鼻纹与卷草纹等图案组合得生动有趣，而象征美好的蝴蝶、鸳鸯及双点对称剪纸作品，则洋溢着科尔沁田园风情的生活气息，展现出蓬勃的生命力。她设计的蒙古马靴、地毯、羊群等图案，处处透着浓浓的草原风情。有人评价她的作品"既呈古韵又铸新韵，流走飞动"。

巧云深谙"匀称"的要旨，马靴、地毯、蒙古帽等生活用品的图案中，各种线条流畅舒展，尽显韵律之美。但她又不囿于匀称，时常在规整中打破常规、创新意趣，于平衡中寻找新的表达，以独特的创新打动人心。她的作品继承并发扬了草原文化的精神与内涵，不仅具有极高的欣赏价值与收藏价值，更呈现出独特的美学价值。巧云是一位图案艺术家，更是真正用图案吟唱生活的歌者。

巧云多次荣获国家、自治区、盟市的嘉奖，其事迹被编入《中国专家人名辞典》《当代华人书画名家名作大典》等。2008年11月，她的作品入选大型艺术文献《伟大的文艺复兴》。此外，她的作品还被广泛应用于建筑、瓷器、印染、服饰等多个领域。

巧云一生都在为蒙古族民间图案艺术的传承奔走。她总说自己没什么文化，但这辈子不能白活。于是她积极奔走于各地，将毕生所学传承给后人，内蒙古师范大学艺术学院、内蒙古大学艺术学院、土默特中学等院校都留下了她的足迹。

在巧云老人的作品里徜徉，沉醉于既工整又洒脱、既绚烂又古朴的艺术世界，我不禁想：巧云老人心中或许也藏着遗憾吧？若她从小不曾放下对剪纸的热爱，一直专注于蒙古族民间剪纸技艺的研究，现在会是怎样的光景呢？

但转念一想，巧云老人又是幸运的。即便年过半百，她终究找到了值得不顾一切去追寻的事业。人生或许是一捧细沙勾勒的繁花，或许是一碗寻常的粥饭，或许是一棵巍然屹立的大树，又或许是一株无名的小草——无论何种形态，都是一场生命的修行。人从降生起便向死亡走去，而这趟旅程中，只要做了自己想做的事，做了对人类与社会有益的事，便是活出了应有的价值。

星期三：即使人间有风雨，也依然让生命如花绽放

鲁沙茹拉是盟级"科尔沁蒙古族民间剪纸"代表性传承人。这位"80后"姑娘身材高挑匀称，初见时，她身着一件经改良的蓝色蒙古袍，版型更显修身，披肩长发随意垂落，脸上漾着阳光般的笑意，浑身透着宁静而知性的气质。我猜她不过三十出头，暗自想：这样的女子，生活定是顺遂幸福，在家也定是被爱人捧在手心的。

鲁沙茹拉在一家书店当售货员。我们特意约在下午到访——这个时段顾客较少，不会打扰她工作。在书店二楼，她拿出自己的作品，我们一边欣赏，一边闲谈。难怪初见就觉她身上有股书卷气，原来她出身于一个充满文化气息的家庭：父亲是乡村教师，闲暇时总在家练毛笔字；母亲擅长剪纸，每逢春节，家中窗户总会被母亲的剪纸装扮得格外漂亮。

鲁沙茹拉从小就跟着母亲学剪纸，一有空就琢磨着画画剪剪，学校的墙报、黑板报常由她负责。即便后来结婚生子、为生计奔波，她也从未放弃对剪纸的热爱。无论多忙，她总会挤时间拿起纸笔与剪刀，将心中的图案剪绘出来——家里、书店，随处都是她的工作室。

她的这份执着深深感染了两个女儿，她们也爱上了剪纸，成了学校黑板报、墙报的设计者。有时学校有布置任务，鲁沙茹拉就成了女儿们的辅导员。母女三人常在工作与学习之余一起探讨剪纸艺术，沉浸在创作的氛围里，惬意地享受着剪纸带来的美好。

我调侃她："你爱人娶了这么漂亮又有才的妻子，一定偷着乐

吧?"她一边低头整理剪纸作品,一边半自嘲半玩笑地说:"还乐呢,人家都跑喽。"

我心里咯噔一下,顿时为自己的唐突懊悔不已。好在她语气轻松,似乎并不在意。我忍不住念叨:"哎呀!这咋这么不懂得珍惜啊!"

"老二刚出生没多久,他说假离婚方便做买卖。我也没多想,就跟着去办了手续,结果真离了,人家再也没回来。"说完,她自己先哈哈大笑起来。

望着眼前的她,我对她生活的想象,瞬间来了个180度转弯——她看似娇柔,骨子里却是位自强自立的女性。丈夫离开后,照顾两个孩子的重担全压在她一人肩上。她曾一天打两份工,后来实在熬不住才停了一份。一个家庭两个人挣钱、两个人带一个孩子都难免手忙脚乱,她一个人扛着这一切,个中艰辛可想而知。即便有父母家人搭把手,可事事终究要自己扛、自己应对。如今,大女儿读初中,小女儿读小学,姐姐能辅导妹妹功课,她说起这些时眼里闪着光,觉得日子比孩子小时候好多了。

我望着她,一时语塞。说什么好呢?说那个男人不懂得惜福,放着这么乐观自强的妻子、这么可爱的两个女儿不要?还是说些廉价的安慰?可看她的状态,分明已经走出了那段最阴暗的日子,不然不会这样云淡风轻地说起往事。此刻,任何语言都显得多余。

最令人赞叹的是,即便经历这般生活的磋磨,她对剪纸的热爱丝毫未减,有空还会外出学习。她的作品构图饱满,剪刻细腻,粗粝与精巧交织,透着一股奔放洒脱的劲儿。只要心里有想剪的图案,她总会立刻画出来,再细细剪成作品。

我想,不必说什么了。她早已在心里为自己种下了一片七彩阳光,足以驱散人间风雨。

就像一位教育者说的:"自己的生命,终究要由自己定义。"是沉溺于哀怨、困在泥沼里,还是转向光亮处活出精彩?一念之间,生命的成色便截然不同。望着她灿烂的笑容,我在心里默念:唯有让生命之花尽情绽放，才不辜负这仅有一次的人生。

星期四：心中有风景，何惧征途上的那块石头

天有不测风云，自然的风雨尚可躲避，人生的风雨却需用一生去承接。

当施丽丽还在地上蹒跚奔跑，用好奇的眼睛探索世界的美丽与神秘时，她永远不会想到，人生的风雨会来得如此之早。没有征兆，没有预警，不幸猝不及防地悄然而至。3岁那年，她发了高烧，恰逢屯子里来了位"大夫"，为她注射了药物。高烧奇迹般退去，可她的双腿却从此瘫软——那"神奇的药"，夺走了她行走的能力。

肉体的软弱没有压垮她，她的内核始终坚硬。当现实一次次宣告"你再也无法用双脚丈量河山"，倔强的她却从未放弃：她要像其他孩子一样走进校园，要像常人一样生活。

靠着自己的努力与坚持，再加上父母的再三恳求，11岁的施丽丽终于踏入了那所对她而言如宫殿般神圣的学校。因年龄稍长，怕读一年级被人笑话，她直接走进了二年级的课堂。

短暂的喜悦过后，等待她的是一个个现实的挑战。入学前她向校方保证：绝不给老师添麻烦——那时家境贫寒，她连轮椅都没有。

在学校，她没法上厕所。父母忙着种田，早上送她到学校后，她便一坐就是一天。一日三餐，只有晚饭敢多吃些、多喝些水。冬天最是难熬：中午休息时间短，回不了家，双脚冻得全是疮，腿凉得像冰柱。日子在悲喜交织中向前，可她从没动过退学的念头。

这般艰难里，很难想象一个十几岁的孩子是如何咬着牙读完小学的。转眼该上中学了，家离中学有几十里地，需要住宿，可生活问题没法解决。无奈，她读完小学就不得不放下继续求学的念头。她尝过接到中学录取通知书时的狂喜，也咽下了不能继续读书的心酸与失望……

然而，罗曼·罗兰说过："世界上只有一种英雄主义，那就是在看

清生活的真相之后，依然热爱生活。"这句话仿佛是为施丽丽而写——她愈发坚韧了。她找出哥哥姐姐用过的初中课本，在家自学。她榨干所有能挤的时间，凭着有限的基础啃下一本本课本。没人辅导，一道题常常要做上十几遍才弄得明白。几年下来，竟也啃完了部分课程。

这时的她，不仅渴望知识，更想靠自己的双手活下去。后来在姐姐陪同下，她学了毛衣编织，学成后在乡里租了间小屋，开了家编织行。可毛衣编织有季节性，加上人们越来越爱去服装店、集市买机器织的毛衣，编织行只撑了两年就关了门。生活再度陷入迷茫。

可"要像常人一样生活"的信念，始终是她的精神支柱。她用双手撑着身子洗衣、做饭、喂鸡、喂猪、剥玉米，甚至爬高——常人能做的，她都能做。心里对远方的渴望也从未熄灭：她常沉浸在书法里，也迷上了剪纸。

没学过绘画，没拜过老师，全靠自己琢磨。没有专用工具，就用妈妈干活的大剪刀，在废旧书纸上一遍遍地剪，手指磨得全是红血泡。就这么着，她用汗水与血水，一点点浇灌着心里的理想。

幸运的是，她的书法、绘画和剪纸作品在一次美术大赛中展出，还拿了一、二等奖。从此她更有劲头了，找来布头、羽毛、毛线、树皮、玉米叶等各种材料创作，这些寻常物什都成了她作品里的主角。

专业人士评价她的作品："既承南派剪纸的细腻秀美、精致严谨，又融北派的粗犷豪放、生动夸张，简繁相济，阴阳相融，剪刻一体。"而我更想说，她的作品里藏着如虹的气势——明丽舒展，灵动雅致，又满是昂扬的激情。那幅2.5米长、1.5米宽的《江山如此多娇》，以羽毛和树皮为主要材料，画面上雄鹰振翅，红梅盛放，大红的"福"字透着热烈，还有浑然忘我的起舞女子、色彩浓烈的金秋……每一处都张扬着蓬勃的生命力。

在施丽丽面前，连眼泪都会感到羞愧。"我是蛮理想的女孩儿。从小爱好书法、绘画。3岁时因病双腿致残……"这句"蛮理想的女孩儿"，是她对自己的注解，更是对命运的宣言。命运或许无法掌控，但活着的方式总能自己选择——她选了向阳而生，按自己的心意活成了想要的模样。

她的绘画与剪纸作品，从被展览到被认可，再到被人珍藏；她牵起爱人的手走进婚姻，面对亲友"别要孩子了"的劝阻，眼神坚定而自信："既然来到这世界，就要做个真正的女人，让生命有延续。"后来，她幸福地迎来了儿子的降生，看着他健康快乐地长大。

前方若有搬不开的巨石，便洒脱绕行，向着远方的风景奔赴——这便是施丽丽的选择。

星期五：走了一程又一程，有所眷恋有所释怀

有人说，人生本就是山一程水一程，风一程雨一程。这一程又一程的路上，有晴日暖阳，也有狂风骤雨；有无限风光，也有荆棘密布；有顺风顺水的坦途，也有逆旅而行的坎坷；有幸运悄然降临，也有厄运不期而至。谁不盼着一生幸福无忧？可生活终究是生活，它从不多偏爱谁一分，还总时不时添些麻烦——或许，这便是自然之道吧。人到中年，走过了一程又一程，有些事能轻易割舍，有些事却真的难以放下。

单是电话里接触，就觉得杜特是个多愁善感的人。她的语言细腻柔和，讲起话来像在娓娓道来一个故事。她爱文字，是兴安盟翻译家协会、文艺志愿者协会、民间艺术家协会、作家协会的会员。人一旦与文字缠上了，大抵都容易生出些细腻的愁绪。杜特曾是教师进修学校的老师，给全旗的教师讲过课；如今，她在乡下一所小学教孩子们剪纸。她的剪纸技艺精湛，母校赤峰学院还为她办过个人剪纸作品展。我格外好奇：她怎么会成了一名小学剪纸课教师呢？

杜特1966年出生于科右前旗乌兰毛都苏木白音居力合嘎查。以她的技艺和资历，本应是盟级传承人，可她的证书上写着："杜特同

志2022年被命名为科右前旗第七批'科尔沁蒙古族民间剪纸'项目代表性传承人。"我们聊起她与剪纸的缘分,她的声音里带着一丝伤感:"俺嬷(母亲)没了,俺想她……"

杜特的母亲敖敦格日勒是位心灵手巧的女性,精通札萨克图刺绣、贴花、盘绣与民间剪纸,还是旗级"札萨克图刺绣技艺"传承人。图案是刺绣的根基,在母亲的耳濡目染下,杜特从小就对民间手工艺和蒙古族图案产生了浓厚兴趣。10岁时,她已熟练掌握多种蒙古族图案的画法和札萨克图传统民间技艺。

20世纪七八十年代的新春,人们总爱用剪纸装饰房屋。杜特便用红纸剪出牛鼻纹、吉祥纹,与五角星组合成精巧图案,贴在棚顶边角、挂在灯座上;还剪各式各样寓意幸福吉祥的纹样,贴在门窗与储物盒上,盼着日子能蒸蒸日上、愈发美好。

1990年参加工作后,在母亲指导下,她利用业余时间在蒙古族服饰、靴子、枕头、烟袋、马鞍、头饰、鞋帽上,绣或贴满各式蒙古族图案。

2021年,母亲敖敦格日勒因病离世,杜特陷入深深的悲痛,久久无法释怀。我太能理解这种心情——同为失去母亲的人,深知那份痛:人像瀣了黄的鸡蛋,拾不起来,也拿不成个儿,只能盼着在梦里与母亲相聚,那是唯一能再"相见"的方式。

从前别人遭逢生离死别,我也会说"人都会死的,节哀吧",可自母亲走后,再遇旁人经历这般痛,我再也说不出这话,甚至觉得这话格外冷漠。如今我明白,最好的安慰是沉默,陪着他们一起,在沉默里接纳那份撕心裂肺的痛。

熬过无数个辗转难眠的日夜,杜特想:该换种方式安放对母亲的眷恋。她决心把母亲的技艺传下去,从此专注于剪纸。

技艺日渐精进的她,带着作品参加全国、全区的展览与比赛,屡屡获奖,部分作品被收藏或收录成书。她还被评为"全区新时代文明实践文艺志愿者现场观摩点2023年度优秀文艺志愿者",事迹被中央、自治区、盟、旗各级融媒体报道。

杜特的剪纸作品内容丰富、构图新颖，工艺精湛且形象生动。她既吸纳传统文化元素，又融入其他民间艺术的表现手法，还结合多种造型艺术的形式，在形式、色彩与艺术语言上均有创新。其作品造型独特而不失朴实大方，处处透着鲜明的节奏感。

她运用图案形式美的规律，通过对称、均齐、平衡、组合、连续等手法，将牧民的生产生活、草原的自然风光、各民族的文化习俗一一呈现，既传递出各民族团结友爱的美好情感，也彰显了民间剪纸艺术的独特魅力。尤其值得一提的是，她采用方形、椭圆形等多样形制，以阳剪与阴剪结合的技法，造就了"千刻不落、万剪不断"的完整结构，形成独树一帜的剪纸语言。

以她的资历与成就，称其为剪纸技艺的"新秀"或许更显其生命力。我懂，那些作品的每一处刻画、每一道纹路里，都藏着她对母亲化不开的思念。

是啊，人生这趟行程里，我们总在不经意间经历失去。那些失去或轻或重，尤其人到中年，说不定哪天就有一份难以割舍的情感被生生割断。与其沉溺其中无法自拔，或在迷茫中迷失自我，不如为自己掘开一个出口，另寻新途——毕竟逝去的再难回来，毕竟我们终有一天也会走向消逝。

这个看似包罗万象、无所不能的物质世界，从没有什么超能力能让某样事物永恒存在。既然如此，不如让那些珍贵的人与事，永远活在我们的精神世界里。

星期六：无论身居何处，仍需诗意生活

没见到乌日嘎时，我实在难以相信：在大山深处、兴安岭脚下的草原腹地，竟有位女子在自家院里建起了书屋与剪纸工作室，把寻常日子过成了诗和远方。可这一切，都是真的。

那天下午，日头已渐渐西斜，天边的霞光像一件铺展开的鲜红色蒙古袍，亮得耀眼，暖得入心。乌日嘎是当天最后一位采访对象，我心里盘算着得加快节奏——采访结束后，还要赶130多公里的路返程。

乌日嘎家离大路远，她说要到路边来接我们。一路边走边联系，终于望见路边站着一位女士：身材不高，微胖，穿一件蒙古式马甲，头戴乳白色贝雷帽，浑身透着股"文艺范儿"。我和同行的乌云嘎异口同声："那一定是乌日嘎吧？"

跟着乌日嘎走进她家大院，西侧立着一座蒙古包，上面写着"呼和奥奇书屋"——"呼和奥奇"是"蓝色的火焰"之意。我惊讶地问："您家还卖书呀？"

乌日嘎笑答："不是卖书，是'草原书屋'，供大伙儿来看的。"

我顿时睁大了眼睛。做了七八年记者，自认为对全旗情况熟稔，竟不知这里藏着一间个人开办的书屋，实在惭愧。

眼见太阳渐渐沉向山后，我们抓紧时间和她聊了起来。她提议："那就先去剪纸工作室看看吧。"我一听心里暗喜：真好，既有书屋，还有剪纸工作室！

剪纸工作室就在她住的屋子旁边，有两间房那么大。一踏进去，眼前的景象让人震撼：迎面墙上写着"蒙克利亚剪纸工作室"——"蒙克利亚"也是"火"的意思。屋里挂满了她的剪纸作品，屋子中间摆着一张长条桌，桌上也满满当当都是作品。就是在这间工作室里，乌日嘎一边创作，一边教附近的牧民剪纸技艺。

她笑着说："你们来得巧，明天我就要去呼和浩特的儿子家了。"同行的乌云嘎悄悄跟我说："咱们差点错过一条'大鱼'。"可不是嘛，本来想着速战速决，没想到她藏着这么多故事。

乌日嘎1965年出生于乌兰毛都苏木，毕业后一直在乌兰毛都小学教书，直到退休。2018年，她被命名为第五批兴安盟非物质文化遗产"科尔沁蒙古族民间剪纸"项目代表性传承人。

她从小就痴迷蒙古族传统图案，看着母亲画出那些带着民族特色的纹样，总忍不住拿起笔跟着画，渐渐就熟练掌握了各种传统图案的样式。小时候她就想，将来要当一名老师，教孩子们画画、剪纸——这个梦想后来真的实现了。毕业后她回到当地小学任教，教孩子们绘画和剪纸，课余时间，孩子们总缠着她画自己心里想的图案，她从不嫌麻烦，总是耐心满足孩子们的心愿。勒勒车、飞鸟、鱼虫、白云、骏马……经她的手一勾勒，都栩栩如生地落在纸上。学校的布置工作也常由她负责，教室走廊、墙壁、校园墙体上，到处都留着她的画迹。

她一看就是那种"火烧眉毛也不急"的性子，从慢悠悠的脚步、恬静的面容，到不慌不忙的动作，都透着这份从容。我问起她爱人的工作，她说也是老师。"那他脾气好吗？"她笑着答："他性子急，我不急……"

乌日嘎活得通透又成功。她和丈夫育有一双儿女，一个在呼和浩特工作，一个在日本留学；她的剪纸作品在全国、全区、全盟的传统手工技艺比赛中屡屡获奖，不少还被收录进各地书刊。

看着她，我忽然觉得自己这些年仿佛白活了。比如我多年来一直有个梦想：开一家书店，既能卖书、借书，更能满足自己随心所欲看书的心愿——想看哪本就看哪本，一举两得，想想都觉得逍遥幸福。可这个梦至今只停留在"想"的阶段，从未付诸行动。再看乌日嘎，事业、家庭、孩子样样兼顾，把日子过得既有烟火气，又有诗意，那顶贝雷帽透着洋气，工作室也透着雅致，真让人又羡慕又敬佩。

尽管太阳早已沉进山里，我们还是抓紧时间去她的书屋转了转。蒙古包里沿墙摆着一圈书架，上面整齐地放着牧业技术书、历史书、文学书；中间是一张朱红色油漆桌，四周摆着小方凳，是供读者看书的座位。走出书屋的最后一刻，我回头望了一眼，一股暖暖的温馨感悄然漫上心头。

夜幕慢慢织上天空，我们不得不道别了。驱车离开时，隔着车窗与乌日嘎挥手，她依旧是初见时的模样，温和恬淡，波澜不惊。彼时红彤彤的霞光铺满了她的小院，也温柔地笼罩着她、她的剪纸工作

巧云和杜特的剪纸作品

室、她的家、她的书屋……

我曾向往住在科技更发达、交通更便利的城市，可转头一想，生活哪里分地域？无论身居何处，只要心里始终揣着一份热爱，一颗装满诗意的心，就能把日子过成诗，活成自由自在、快乐知足的自己——那便是生活的王者。

星期日：路漫漫，有一颗平静的心就够了

人生本就是一场漫长旅途，如何走好这一程？葛桂琴老人用她的生活给了我们答案。她是我采访过的传承人中，目前健在者里年纪最长的一位。老人1931年出生，如今已是"90+"高龄。

我去拜访她时，是2024年元旦刚过。我们这儿有个规律，元旦

乌日嘎、鲁沙茹拉、包玉荣和葛桂琴的剪纸作品

前后总要冷上几天，下的雪冻成了冰，走路得格外小心，稍不留意就会打滑，弄不好还会伤着腿脚。找不到老人住的楼栋，她73岁的女儿王淑兰下楼来接我们。我心里直犯嘀咕，担心葛桂琴老人能不能正常交流，王淑兰只笑着说："你去看看就知道了。"

推开房门的瞬间，就听见老人洪亮的招呼声："快进来，外头冷吧？"走到老人跟前，我惊呆了——她腰板挺得笔直，端坐在那儿，脸色红润，一头齐耳短发打理得利落，只有两鬓稍显花白。"快过来坐。"她一把拉过我的手，让我坐在她身边。我和王淑兰对视一眼，她笑着说："我刚才说的时候，你还不信吧？就这大冷天，人家还天天出去遛弯呢！"天啊，94岁的老人，竟有这般精神头，着实令人佩服。

我们聊起老人与剪纸的缘分。她的母亲是个巧手人，屯子里谁家办红白喜事，总爱请她去剪些吉祥图案。葛桂琴从小看在眼里、记在心里，慢慢就迷上了剪纸，没事就拿着剪刀画呀剪呀，把这当成了最好玩的游戏。平日里瞧见什么好看的图案，她就先画在报纸上，再细细刻在彩纸上。

她出嫁后，屯子里谁家办红白喜事，乡亲们也总爱找她剪些图案。她没读过书，全凭天赋与后天的琢磨练习——手里只有一把剪刀，可连细小的月牙纹都能剪得细腻匀称。

她凭着临剪、重剪、画剪的反复练习，把熟悉又热爱的一切都剪进了纸里：鱼虫鸟兽、花草树木、草原风光，乃至各色人物。她的剪纸技艺练就得随心所欲，信手拈来就是新花样。

她的剪纸多以人物为主，造型简约又带着夸张，内部装饰极尽简练，尤其善用月牙纹。这般风格让作品透着落落大方的气度，全无人工雕琢的痕迹，古朴中藏着传神的灵气。你看她剪的林黛玉，秀丽典雅，把黛玉那份内秀的韵致与伤感的美都剪活了；剪的老虎威猛霸气，公鸡气宇轩昂，满是力量；就连上山追蝴蝶的猫、蹲在花丛里的青蛙、比翼齐飞的燕子、啄着花瓣的小鸟，都浸着浓浓的童趣与乡间野趣。

在她的影响下，女儿王淑兰也爱上了剪纸，常和母亲一起琢磨技艺；母女俩的这份热爱又传到了第三代——王淑兰的两个儿子迷上了美术，时常涂涂画画、剪剪刻刻。

我还是按捺不住，问了老人最想问的问题："您咋这么显年轻啊？"老人笑着说："我啊，就是不爱生气，旁人说啥都不往心里去，打年轻时候就这样……"

如今，多少人都活得纠结，为人生烦忧，为健康焦虑，可葛桂琴老人用一生告诉我们：人生路漫漫，揣一颗平静的心就够了。

和这些美好的女性相处，欣赏她们的剪纸，我总被深深陶醉、打动。若把一周比作人生历程：星期一是人之初，未染世俗，纯真烂漫；星期二是踏上旅途，历经现实，在一次次选择中前行；星期三是纵有不如意，也坦然承接世间的坎坷；星期四是走过一程又一程，学会勇敢面对幸与不幸；星期五是踏过一场场风雨，尝尽人生冷暖、悲欢离合；星期六是看山仍是山、看水仍是水，慢慢读懂并接纳人生本来的模样；星期日是步入暮年，悟透生活真谛，一切顺其自然，平静度余生。

纵然有太多遗憾、伤感，或是困顿、蹉跎，我们仍希望人生能如初见时那般率真、真挚、静美——在红尘中不丢理想，遇坎坷时能抓一把阳光种在心里，坚强面对不期而遇的风雨；释怀那些难以释怀的过往，揉碎并抛掉所有不美好，为情感、爱与生命寻一个最佳出口，怀着平常心诗意地活，平静到老。

我突然明白：与其说她们创造了缤纷多彩的剪纸世界，不如说她们的内心本就是一片缤纷。若非如此，怎会剪出这般辽阔而美好的天地？

五彩毡

当一个人的呼吸停止，其生命会因爱而以另一种方式延续。

阿爸的毡

正午的阳光像一位慈祥的老人，用温柔的目光抚摸着初秋的草原。光线漫过牧民家的炕头，落在一方毡垫上——这阳光，分明是在重温多年前曾照耀过它的模样。炕上的毡垫洁净如雪，像刚经晨露洗过，那是一方双人炕毡。

毡垫的一端，红绿交错的盘肠纹曲折盘绕；中间嵌着个红绿相间的葫芦，两侧仍是层层叠叠的盘肠纹；四角各卧着一枚形状相近的盘肠纹，相对的两角为绿，另外两角为红。在蒙古族人心中，盘肠纹寓意长长久久、幸福绵长；葫芦与"福禄"谐音，藏着富贵吉祥、福气满盈、生活和美之意。

那葫芦画得笨拙又可爱：红色盘肠纹绕成三个圆环，作了葫芦的柄与茎，像极了一个人的头颅；下方，红绿盘肠纹上下交织，弯出两个圆润的弧，恰似顶着胖乎乎肚子的身子——整个葫芦就像个憨憨的、敦实的人，端坐在那里，惬意地眯着眼笑，笑意里淌着清澈的喜悦，裹着满当当的祝福。

这方毡垫，是老擀毡艺人包百顺在20世纪70年代留下的手艺。乌兰毛都草原上曾有个习俗：男女青年成婚，家里再穷、连被褥都凑不齐，也总得有一方毡垫。哪怕毡垫刚做好来不及晾干，没法在新婚夜铺到炕上，只要大喜之日里，有那么一卷毡垫立在屋角，新娘子便会满心欢喜。在当时，毡垫是婚礼上的"大件"，分量堪比20世纪80年代的"三转一响"，堪比后来的"三金"，更像如今新人期盼的车与房。

我总在想，当年这位毡匠擀制这方毡垫时，心里定是揣着对新人的满满祝福吧？绘制图案时，指尖的每一笔都蘸着喜悦，眼里、心里都漾着笑吧？他定是一边擀毡一边端详，把自己的温情全揉进了毡絮里，融进了对旁人好日子的祈愿里。他心里定有一道七彩的虹，不然这毡垫怎会像彩虹般斑斓？当新人躺在这方藏着富贵吉祥、爱情绵长寓意的花毡上时，想必正浸在爱情的甜、青春的热、生活的暖里。

那些蜿蜒盘旋的盘肠纹，不仅缠着美好的心愿与祝福，更像一条无形的线，一头拴着过去，一头牵着未来。

"我爸是当年有名的毡匠。"包百顺的儿子包金山说这话时，语气里满是骄傲。这方毡垫虽已历经半个多世纪，却丝毫没有变形：厚度近一厘米，用手指用力按压再松开，表面连一丝印痕都不会留下——这般紧实的密度，足以见得擀制时的功夫。

更令人称奇的是毡垫的"独边"。所谓"独边"，是指四周并非用布包边，而是将毡子本身的毛边直接绳压成圆滑的边缘。这手艺得来全凭硬功夫：用手掌沿着毡边一点一点向内绳压，纯靠手劲将毛絮紧实。这么多年过去，毡边依旧挺括硬实，没有一根毡毛脱落或外露，整块毡子浑然一体，不见丝毫缝隙。难怪老人当年会被称作"有名的毡匠"，这技艺确实担得起这份赞誉。

擀毡是乌兰毛都草原上流传已久的手艺，牧人们亲切地称这门技艺为"擀毡"，称从业者为"毡匠"。在牧人的生活里，毡子是不可或缺的宝贝，而毡匠也向来备受敬重。

不只是包金山，他的姐姐包银花也在传承这门传统制毡技艺。我们见到的这方毡垫，就是包金山特意去姐姐家取来的。从姐弟俩的言谈中，能清晰感受到当年父亲受世人尊崇的程度，也能体会到人们对擀毡这一职业的敬重。

草原离不得毡子，牧人的日子更是缺不了它。"擀毡"最初是北方游牧民族将动物绒毛擀制成片状的御寒技艺，成品可做铺盖、衣物、鞋帽的原料，也能制成装饰用的地毯——衣、食、住、行，处处都有毡子的身影。

从前，为了抵御严寒，牧人们得从有限的生产资料里寻觅取暖之物。牲畜的皮毛对他们而言，是最廉价也最常见的材料，于是便在这皮毛上动起了脑筋。乌兰毛都草原盛产牛羊，牧人们就用羊毛擀成毡片，制成毡帽、毡衣、毡裤、毡鞋、毡靰鞡。如今在民间，仍能见到用毡子做的短靴——这种靴子轻便结实，抗寒又抗湿，尤其适合游牧生活，故而一直备受推崇。

毡子更是北方游牧民族居住时的刚需。一提及他们，人们总会想起那首诗："敕勒川，阴山下。天似穹庐，笼盖四野。天苍苍，野茫茫，风吹草低见牛羊。"诗里用"穹庐"（毡帐）比喻天空，正因为"穹庐"是他们日常生活中最熟悉的事物。南方人形容天空绝不会想到"穹庐"，这恰恰说明，毡帐在北方游牧民族的生活里，是如影随形的存在。

《草原毡帐文化研究》中记载，蒙古汗国与元朝时期的毡帐分两种：一种是可拆卸的移动毡帐，一种是安在车上的毡帐，分别称为"燕京之制"和"草地之制"。"燕京之制"以柳木为骨，像南方的罘罳（一种屏风）般可卷可舒，正面开门，顶部如伞骨撑起，留一扇天窗，通体以毡为"衣"，能用马驮运——这和如今草原上的蒙古包几乎一样。"草地之制"则以柳木织成硬圈，用毡固定，不可卷舒，需用车载运，类似草原上的篷车。

马可·波罗的描述更直白："他们没有固定的住房，住的是用木杆和毡子搭起来的帐篷，圆形，不用时可以随时折叠，卷成一团当作包裹。迁徙时，就带着它们一起走。"无论哪种记载，哪种形制的穹庐，都离不开一个核心——毡子。它的重要性，早已刻进了北方游牧民族的生活肌理里。

对于逐水草而居的游牧民族来说，"水草尽则移，初无定日"是生活常态。蒙古包于他们而言，既是日常居住的屋舍，也是迁徙途中随身的家。物因"必需"而珍贵，毡子的重要性由此可见一斑；再加上当时生产能力有限、水平低下，纯手工制毡并非易事，"物以稀为贵"的道理，更让毡子的价值愈发凸显。

一座蒙古包的基本结构分四部分：哈那、乌尼、套脑和门。底部的圆柱体是木杆编织的网状围壁，蒙古语称"哈那"，这些相互勾连的围壁可自由拉伸，门就嵌在能活动的哈那之间。顶部的圆顶由一根根等长的木杆（蒙古语"乌尼"）呈伞状撑起，所有乌尼的顶端汇聚于一个圆轮（蒙古语"套脑"），圆轮一周布满孔眼，乌尼的顶端便一一穿入孔中固定。蒙古包的大小，通常由套脑上乌尼孔眼的数量决定。

20世纪30年代的乌兰毛都草原，人们住的全是蒙古包。据记载，当时满族屯满族乡境内的蒙古包是这样的：屯子前有小河，沿岸扎着一排蒙古包，形成狭长的村落；屯子北侧是绵延的兴安山脉。蒙古包的哈那用山柳树制成，架木衔接处凿眼，用生皮条捆扎牢固；套脑则取自榆树。哈那外裹着围毡，套脑上苫着顶毡；正午时分，会把套脑上的毡子移开一半，用来散热通风——这正是"燕京之制"的蒙古包，处处离不开毡子。

而"草地之制"指的是游牧篷车：用支架固定在勒勒车上，外围裹紧毡子，车里装着食品，物品通常不卸下来，随用随取。还有一种是游牧时临时搭建的"套布"，搭建时从套脑外打楔子固定在地面，内外围子都用毡子围实扎紧；更简易的则是三根木头支撑的棚子，里外用毡子裹紧。毡子由牲畜毛挤压制成，质地紧密，防雨、防晒、防

风，还能隔凉隔热，实在是游牧生活的"万能材料"。

应用于蒙古包的毡子细分起来有很多：围毡、顶毡、幪毡、地毡、外罩、底围、毡帘、毡门头（蒙古包门上的毡）……无论哪种形制的蒙古包，毡子都是首选且不可或缺的建材。

毡子究竟有多重要？一首赞歌这样唱道：

碰不坏如钢铁，

磨不烂如宝贝，

坏不了像如意，

沤不坏像青玉。

铺展开做了顶棚，

裁四方做了圆毡，

堵天窗做了屋面，

给父母做了褥垫，

给骄子做了毡靴，

给平底儿锅做了手柄，

给幸福生活做了铺垫……

字里行间，既能感受到毡子的坚韧结实，也能体会到它用途的广泛，更能读懂它对游牧民族生活的深层意义——早已超越了"材料"的范畴，成了日子里不可或缺的"依靠"。

毡子的珍贵，早已无须多言。在包金山的制毡车间里，我们见到了全套制毡工具：一把木质长弓、形似五指张开的大笊篱、长方形的竹帘，还有一把竹扫帚。他边演示边讲解工具的用法与制毡流程——制作一方毡垫，要经过挑毛、弹毛、铺毛、洒水、挤压、晾晒等多道工序，每一步都藏着匠人的巧思。

第一步是选羊毛，得把杂色、过硬的毛挑出来丢掉；接着用长弓抽打羊毛，让其蓬松。包金山给我们演示时，先用弓上的绳带将长弓固定在左臂，右手套上拨放弓弦的工具，来回拉动间，长弓在羊毛上"嘭嘭嘭"左右弹动，原本紧实的羊毛瞬间像薄蝉翼般飞腾起来。他特意强调："这不是弹，是抽打，要让羊毛彻底蓬松。"

下一步是铺毛。将羊毛铺在预先备好的大竹帘上，这时大笊篱派上了用场——通过手腕的抖动，把羊毛均匀地摊开在竹帘上，厚薄得恰到好处。

之后要往羊毛上浇热水。一来借热胀冷缩的原理让羊毛纤维收紧、密度增加；二来在没有消毒液的年代，高温也是最直接的杀菌方式。洒完热水，把竹帘连带着羊毛紧紧卷成筒，捆扎结实，人坐在凳子上用脚踹竹帘，借着力道让羊毛更紧实。若是毡子较宽，就几人合力一起踹。更早的时候，牧人会把竹帘拴在马身上，让马拉着在草原上奔跑，靠奔跑的力道挤压羊毛，同样能达到紧实的效果。

最后是晾晒，让毡子在阳光下彻底干透。若要做出带图案的花毡，传统技法是在铺羊毛时，就把预先染好色的羊毛按设计好的图案铺进毛絮里；如今也有在晾晒前直接绘制图案的。

最考验功夫的是绲毡边——用手掌将毡子边缘的毛边一点点往毡体里搓揉，直到边缘光滑圆润。这一步全凭手上的力道和耐心，匠人往往要反复搓揉上百次，手掌磨出泡、渗出血，最后结满老茧，才能让毡边平整服帖，与整个毡体浑然一体。

从前，毡子擀制完成后，总会举行一场郑重的祝赞仪式。仪式多由一位德高望重的长者主持，他以鲜奶、白米饭为"祭品"，口中吟唱着祝赞歌——歌词里细细铺陈擀毡的劳动全程，赞美羊毛的丰美，歌颂制毡人的巧思慧心，赞叹毡子的精良做工与广泛用途。

就像那首流传的祝赞歌：

万只绵羊毛剪下来，抽棍把式敲出来，

变得像蚕丝那样精细，化作棕棉般柔软。

仙女巧手絮出来，喷涌泉水拍打开，

健壮的马儿用力拉，肥硕的牦牛使劲拽。

壮汉用绳捆得紧，巧女拾掇出新裁，

天衣无缝白毡好，裂痕不留放光彩。

歌声里，制毡的每一步都活了过来，毡匠的精湛技艺也随之流淌。还有的祝赞歌这样唱：

小绵羊的嫩毛，絮成一扎厚，

小羊羔的细毛，絮成一指厚……

字里行间都是对羊毛质地、铺毛厚度的精准把控——可见制毡远不止表面的几道工序，每个细节都藏着匠人的考量。

即便工序繁杂，毡匠们仍愿意在毡子上细细勾勒各式图案。在他们眼中，居住从不是简单的睡卧，行走也不止是徒步行走，生活更不是吃喝拉撒的重复。经由他们的手，寻常日子被注入了诗意，处处透着对美的追求：蒙古族传统的吉祥图案，如回肠纹、兰萨纹、几何纹、花草纹、犄角纹、牛鼻纹、云纹等，都被巧妙地织进毡品里，藏着独特的审美体验与情趣。

包百顺老人的毡子便是如此，既结实耐用又美观精巧。1979年乌兰毛都苏木的那达慕大会上，他因此获得表彰，那张奖状至今被儿子包金山装在相框里，妥帖珍藏。当时，各个生产大队都在大会上搭

包百顺老人获得的奖状

建了蒙古包，包百顺为自己所在的阿日林一合嘎查蒙古包的外围毡子，精心绘制了图案，还绣上了字，引得众人称赞。

一方毡子，从来都不只是一方毡子。它是毡匠的匠心凝结，是爱心的倾注，更是一颗向往美好、创造美好的心，在羊毛与指尖间绽放的光彩。

如今，经过一代又一代人的摸索，制毡技艺比从前更省事、省力，也更省时了。包金山自己动手改进了加工机器——经过多次试验，他改良出挤压毡竹帘的机器，大大解放了人力。现在的炕毡大多用布包边，省却了绲毡边的烦琐，只有少数有特殊要求的毡垫，还保留着绲毡边的工序。

他和姐姐包银花做的毡垫，不仅在当地热销，还远销蒙古国和我国香港地区，很受青睐。手工毡成了人们走亲访友时的贴心礼物，当地人更是信赖家乡的毡子——外出打工或孩子在外求学，总不忘带上一方。有次，一个当地人外出打工带了方毡子，回家时却发现毡子不见了，原来早就被人"惦记"上了；还有人干脆当面开口索要，足见手工毡的受欢迎程度。

采访时，包金山一直戴着口罩，我忍不住问："这大热天的，又没几个人，咋还戴着？感冒了？"

他摇摇头："做毡子对肺不好，最近查出来有点炎症，还是戴着稳妥。"这话不假，制毡时天天跟轻飘飘的羊毛打交道，毛絮纷飞的环境里待久了，对身体难免有影响。

在他的车间里，包金山展示了一条2023年元旦制作的彩毡：长50厘米、宽20多厘米的红条毡上，绣着绿色盘肠纹、水草纹，还特意绘上了"2023"和"元旦"的字样。他把对新年的祈愿与祝福，全绣进了这条毡子里，也绣进了这门古老的技艺里。

"这么费工夫，还特意做彩色毡垫？"我问他。

他笑了笑："我喜欢做啊。我阿爸是有名的毡匠，我打小就看着阿爸做毡……"

包金山捧着父亲留下的那张奖状，眼神专注得像第一次见到它，手指从左到右、从上到下细细摩挲着玻璃相框里的字迹，仿佛在触碰一件稀世珍宝。那手刻的钢板字，笔画娟秀又清晰，在岁月里依然透着工整。

他的眼睛里闪着光，那光里有回味，有对父亲的无限崇拜，还有藏不住的欣喜。我猜，此刻他一定想起了阿爸——想起阿爸坐在毡房前挑拣羊毛的模样，想起阿爸弓着身子用手掌绲毡边的专注，想起乡亲们围着阿爸的毡品啧啧称赞的场景。

我忍不住再望向包百顺老人做的那方炕毡，一股温暖的亲切感悄然漫上来。这毡子哪像历经了半个世纪？瞧着崭新挺括，可那细密的纹理里，分明藏着老人的汗水、心血，藏着他对美、对生活、对这世间万物的爱。那一刻，我突然懂了：包金山传承的，从来不止是阿爸的擀毡技艺。

包百顺老人没有走远。他活在儿女指尖的毡絮里，活在代代相传的毡艺里，活在每一方带着温度的毡垫里。包金山的非遗代表性传承人记录里写着：

第一代传承人：包百顺，蒙古族，1945年生于洮南六户镇，后迁至科右前旗乌兰毛都苏木阿林一合嘎查，1968年起在阿林一合大队毡毛厂当毡匠……

阿妈的衣

一个人这一生，总也走不出母亲的爱。出生时剪断的只是那根有形的脐带，可母爱早已化作无形的线，一辈子牵系着儿女的心。

去年初冬的一个周末，我走进白达来其其格的手工毡作品展室，一脚踏入了她用羊毛与匠心编织的世界。她说这里只摆了部分作品，可我已经被眼前的景象震撼——惊喜像潮水般漫上来，心被那些斑斓的毡艺紧紧攫住。

　　展室在旗奶食品园区的楼上，一个长长的橱柜里摆满了她的作品：黑白相间的马头毡画，绣有蒙古语"英雄"字样的毡制摔跤服，刺绣着蓝色水草纹与吉祥纹的剪刀毡袋，绣有盘肠纹、牛鼻纹的长形蒙药毡袋，用黑色贴花绣制成的毡荷包与毡褡裢，绣着紫色花朵和绿叶的白毡裙，玫瑰粉色的女士手提毡包，以及刺绣有精美图案的毡杯垫、毡笔筒……各式作品琳琅满目。

　　如果说包金山制作的毡子实用性很强，那么白达来其其格的作品则是毡制手工艺品。她制作的毡艺品五颜六色、样式繁多，不仅更具艺术性，色彩也更为缤纷，突出了毡子的观赏性、装饰性与艺术性。

　　白达来其其格的作品制作方法大致分为两类：一种是在制成的白毡上刺绣、缝制精美的图案，将札萨克图刺绣技艺的绚烂之美与毡子的淳朴之美融合在一起；另一种是直接用彩色羊毛制作毡制品。第一种做法，除需掌握擀毡技艺外，还需要较强的刺绣功底，能独立构思、描绘并刺绣出美丽图案；后一种则不仅是对美学认知、制作水平的考验，也是对制毡技艺的考验。她需要先构思好作品，再染出不同颜色的羊毛，之后一点点将彩色羊毛絮在白色羊毛间，使不同色彩的羊毛形成浑然一体的整体，因此每一幅作品都是色彩绚丽的五彩毡。我想，能制作出这样的五彩毡的人，一定是聪明伶俐、情感丰富且热爱生活的人。

　　果不其然。白达来其其格1963年出生于乌兰毛都苏木沙布台嘎查，1990年大学毕业后被分配至阿力得尔中学任教，一直工作到2017年退休。2018年，她被命名为盟级非物质文化遗产代表性项目"擀毡技艺手工毡"代表性传承人。手工毡制作并非她的本业，她原本是一名人民教师。当我们谈及手工毡制作时，她最大的感慨是："太费事了。"

　　我不禁好奇，她究竟是怎样下定决心，把时间投入这"太费事"的手工毡中的？话音刚落，她的眼神便沉了下去，坠入深深的思念与回忆里。

白达来其其格的母亲聪慧过人，记忆力尤为突出——哪怕有人唱着歌从身边经过，她都能一字不差地记下歌词与曲调。不仅如此，母亲还擅长绘制蒙古族传统图案，针线活也做得精巧。

白达来其其格从小就守在母亲身边看她做针线，身为家中长女，因姊妹兄弟众多，从五六岁起便帮着母亲搓麻绳、做毡袜，早早分担起家务。10岁左右时，她已学会刺绣，还试着自己裁剪布料、缝制枕头。参加工作后，她总利用业余时间给同事家的孩子缝制衣服，在枕头上绣些花草纹样，针脚里藏着暖暖的心意。

1997年，母亲在帮她缝制羊皮大衣时突然病倒，不久便离世了。这件事成了她心底的痛，愧疚与思念交织，让她深陷痛苦，常常彻夜难眠。漫长的三年里，她数着弯月升起、圆月落下，躺在炕上辗转反侧时，只有夜空中的星星与她相伴。她对着那些眨着眼睛的星星喃喃自语："要是没让母亲帮我做这件皮衣，母亲是不是就不会走得这么早？"她多希望一切能重来，可时光无法倒流——"都是我害了母亲啊……"泪水一次又一次打湿枕巾，一千多个日夜，她就在无尽的忏悔与悲痛中煎熬。

那件羊皮大衣，于她而言是沉重的，仿佛是它夺走了母亲的生命；可它又如此亲切，上面每一个针脚都带着母亲的温度，她总能清晰记起母亲弯腰捏着针线，一针一线穿过皮衣的模样。那皮衣里，藏着母亲最后的体温，也封存着母亲沉甸甸的爱。

2000年的一个深夜，她又如往常般辗转难眠，一个念头突然闯入脑海，像一颗星星在心头亮了一下。她想：与其这样沉溺痛苦，不如把母亲身上的蒙古族文化元素、把母亲擅长的缝制技艺传承下去——这才是对母亲在天之灵最好的告慰。

她选择了与蒙古族游牧生活息息相关的毡子——这方寸之间，既能承载传统图案的美，又能延续母亲的手艺。说干就干，她拿起剪刀与画笔，开始画图案、裁剪毡片，剪错了就重来，在一次次尝试中渐渐熟练了裁剪技能。从2013年起，她不再满足于制作生活必需品和衣帽鞋靴，转而专注于创作手工毡艺术品。她就这样沉浸在丰富多彩的毡艺世界里，也沉浸在母爱的绵长记忆里。

在白达来其其格的作品中，一组以洁白毡子为底、用黑色绒线绣成的图案格外让我喜爱。那些图案简洁自然，甚至带着几分憨拙，如同远古岩画般抽象、夸张，又透着浑然天成的质朴。

你看那鹿，或是顶着修长的茸角，或是身披斑驳花纹；拉满弓射箭的猎人，肚子向前凸起，整个身体弯成一张弓，力道仿佛要从绒线中迸发；奔跑的猎狗，耳朵向后翻卷，似被风紧紧压贴；还有那株大树，仅一根主干挺立，枝杈在两侧简单舒展——每一幅都带着原始的神秘感，像在低声诉说着草原的古老传说。

另有两方毡子，用单色黑线绣满了天地万物：太阳、月亮、星星、云朵点缀苍穹，鸟雀振翅欲飞，苏力德（长矛）直刺云霄，河水蜿蜒如带，勒勒车轱辘碾过岁月；鹿、马、牛、羊在草原上聚散，猎狗警惕守望；站立的牧人遥望远方，骑马的牧人扬鞭赶路，射箭的牧

毡画

毡子做的针包

人凝神瞄准；吉祥纹、云纹、犄角纹穿插其间，流转不息。

这些图案的精妙之处在于线条的极简：鹿身仅用一根弧线勾勒，下方两条短线便是四蹄，上方以交错的几针构成鹿头，头顶两根枝杈般的茸角正蓬勃生长。寥寥数笔，一只活灵活现的鹿便跃然毡上，无半分冗余，却将灵气与神韵尽显。

白达来其其格从小就守在母亲身边，看她描绘各种传统蒙古族图案。日子久了，那些图案早已不是浮在眼前的线条，而是深深烙印在心间。它们是蒙古游牧民族的集体记忆，是印在灵魂里的美，是流淌在血脉中的文脉——这些图案，由草原上一代又一代牧民接力传承，早已成了刻在骨子里的符号。

在物质条件极差的年代，没有结实的纸张、精美的布锦当作画布，也没有五彩的笔墨丝线，牧民们便把这些图案绘在了洁白的毡子上。那时，毡子常被当作画纸——既耐用，又能经岁月流传，成了承载美的"活档案"。

如今物资丰裕，各色丝线应有尽有，能做出五彩斑斓的毡艺作品。白达来其其格便把母亲留在记忆里的斑斓图案，一一铺展在毡子上。她有一组由七幅小作品组成的彩色毡画，用彩色羊毛一缕一缕絮出了草原六畜——马、牛、绵羊、山羊、骆驼、狗，外加一座蒙古包。

每幅画都是羊毛絮成的，摸上去蓬松柔软，边缘的毛絮参差不齐，像一朵朵白云般轻盈、飘逸又洒脱。湛蓝的天空下，绿色的草原上，六畜活灵活现——这些画面都以洁白蓬松的毡子为底，由彩色羊毛一缕一缕细细絮成。

虽同以草原、天空为背景，色彩却各有韵致：有的是纯粹的湛蓝天空，有的天空飘着丝丝缕缕的白云；鹅黄与翠绿相间的草原上，矗立着洁白的蒙古包，包顶的红毡帐、红色的门与系带，像在绿色画布上点染的朱砂，格外鲜明。整个画面清新自然，仿佛能嗅到流动的青草香气。

再看那些生灵：黄白花牛正凝眸远望，红棕色骏马抬首凝视，山

毡画

羊支着一只尖尖的耳朵似在聆听，绵羊憨憨地斜睨着，大灰狗专注地望向远方，鼻梁系着红缨的小骆驼仰头朝向太阳——每个动物神态迥异，各有各的灵动韵味。

别看作品仅20厘米左右大小，细节却毫不含糊：六畜耳朵里的纹路、鼻子上的褶皱、眼睑的弧度、眼毛的疏密，都刻画得细致入微。天空的蓝也层次丰富：有的缀着大片白云，有的飘着几缕银丝，有的云絮与蓝天交融成淡淡的青；草原的绿更是多样，青绿、翠绿、鹅黄绿、墨绿……像被风揉碎的颜料，层层晕染出自然的生机。

我从未见过如此清新灵动的画——每个生灵都像要从毡子里走出来，眼神带着温度，仿佛在与你轻声交谈。尤其是它们的眼睛，亮得像藏着星光，让人想起曾经温暖过岁月的亲人与朋友。

我想，絮制这组毡画时，白达来其其格的心一定钻进了草原的肌理，潜入了六畜的灵魂。或许是草原悄悄住进了她心里，六畜的呼吸融进了她的呼吸——那是一场超越柴米油盐的对话，是心与心的默契，是灵魂与灵魂的相融。

其实，草原万物早已融入母亲的血脉，也顺着时光，稳稳淌进了她的生命里。

做手工毡不仅要掌握蒙古族传统刺绣与各类缝纫技艺，还得有足够的体力支撑。白达来其其格潜心钻研，技艺日渐精湛。她被阳光大姐家政公司聘为老师，还多次参与各类培训与展演活动。她的作品既保留着浓郁的蒙古族元素，又融入了现代思潮与理念，让古老技艺焕发出时代光彩。这些毡艺品兼具传承价值、观赏价值与实用性，比如绣着云朵纹、吉祥纹、树木纹理的杯垫和笔筒，格外受来访者喜爱，有些作品还被来访者以高价收藏。

欣赏她的作品时，我总被那五彩斑斓的色彩与活泼灵动的气息打动，那毡面上仿佛藏着一个丰饶、辽阔、神奇又美丽的世界。

"你把洁白的毡子变成了'五彩毡'。"我难掩兴奋地说。

"我要把母亲的手艺传下去。"她的语气坚定而有力。

正是那份爱，那份深沉的母爱，让她的作品充满灵动与活力，绽放出绚烂色彩。制作每一件毡艺时，白达来其其格何尝不是在与母亲进行一次次跨越时空的对话？母亲的智慧与技艺通过她得以延续，母亲的生命也因此获得了升华与永恒。

爱，让人生变得丰盈；爱，让生命走得更远。

雕花的马鞍

在我很小很小的时候，很小的时候

有一只神奇的摇篮，神奇的摇篮

那是一副雕花的马鞍

啊……嗬嗬……

伴我度过金色的童年，金色的童年……

浩瀚的草原，我怎样才能抵达远方？纵马驰骋；

巍峨的山峦，我怎样才能看见山那边的风光？纵马驰骋；

美丽的姑娘，我怎样才能快步来到你的身旁？纵马驰骋；

天空飞驰的雄鹰啊，我怎样才能逐你而上？纵马驰骋；

豺狼猛兽啊，我怎样才能将你击退？纵马驰骋；

深不可测的鸿沟啊，我怎样才能跨越？纵马驰骋……

草原上的牧人，从纵马驰骋的那一刻起，便走向了比草原更辽阔的世界。马与主人一同成为草原的开拓者、守护者——马背是出发的起点，马鞍则是孕育梦想的温床，是人生启程的站台，是成长的摇篮。那雕花的马鞍，像七彩云霞，装点着他们金色的童年。

曾有一群骏马从山上飞奔而下，草原上闲庭信步的同伴纷纷抬头凝望；几匹淘气的小马尥着蹶子，高昂着头颅，激情地嘶鸣划破长空。当当当，唰唰唰——上好的柳木与榆木在牧人手中渐成马鞍的轮廓；叮叮当当，又一颗银色铆钉稳稳嵌入。牧人望着眼前的骏马，欣然而笑："最淘气的你，且让这副马鞍陪你闯天下。"

这是百年前乌兰毛都草原的景象：青草连绵如浪，翠波翻涌似海，牧人正亲手打造着马鞍。而今年春天，我在阿拉坦巴根家见到了这样一副马鞍——它被当作传家宝，在时光里静静沉淀着岁月的重量。

牧人们热爱马，视马如家人。他们善待马、娇宠马，自然也乐于装扮马。常言道"人靠衣装，马靠鞍装"——马鞍之于马，恰似衣装之于人，既是装扮，更是提升气质与格调的必需。

"大以前哪有卖马鞍的？都是自己做。"草原上的老牧人说。在马鞍尚未专业化生产的年代，制作马鞍是牧人的一项技能，全靠自己动手。

我们见到这副马鞍时，恰逢阿拉坦巴根搬进新家的第七天。这里既是他的家，也是他制作马鞍的手工作坊。在乌兰毛都苏木的一条街道旁，远远就能望见一个宽敞的大院。一排蓝瓦房子的白墙上，悬挂着"兴安盟敖力斯台民族手工艺品加工有限公司"的牌子，气派十足。我们径直走向前排房屋——那里是马鞍加工车间，最先进入的是展室。哇，真是大饱眼福！一屋子全是马鞍马具：深红色的，橘红色镶着金边、银边的……一排排陈列在雕刻着马头的马鞍架上。每个马鞍上都铺着绣有美丽图案的红毡垫，金色、银色的马镫和皮梢绳垂在黑色鞍袱两侧；鞍垫与鞍座侧沿镶嵌着或金黄或银亮的大泡钉，有的中间还嵌着红色或蓝色的玛瑙与玉石。用"雕花马鞍"来形容这些作品，实在是再贴切不过。

好马配好鞍。马与人浑然一体，一副马鞍向来价格不菲。且不说金马鞍价值连城，如今寻常一副马鞍，动辄也要大几千甚至上万元。

一颗颗银质铆钉铆上去，一颗颗珊瑚钉镶上去，一朵朵吉祥云纹绣上去，一个个坚实马镫挂上去，一条条彩带扎上去……制作马鞍，选料从不含糊：木材得用上等的，金边、银钉必不可少，珊瑚、绿松石、玛瑙也得——配全；马镫或用金、银、铜打造，或镀金、镀银；就连马鞭，也得是纯牛皮的，务必结实耐用。

马鞍更要讲究美观：有的前后鞒镶嵌着金、银色花纹，鞍上的毡垫则布满精美的札萨克图刺绣——金菊、牡丹等花卉图案，蒙古族吉祥纹、盘肠纹、犄角纹、花草纹等传统纹样，还有马、鹿等动物图案，或古朴典雅，或绚烂夺目。装饰时更是倾尽巧思，就连连接马镫的鞍袱上，也雕刻着细密花纹。

制作一副马鞍，选料是首要环节。通常会选用质地坚实、不易变形的桦木、榆木或柳木。将选好的木料加工成马鞍的形状，这便有了裸木马鞍。随后，进入装饰工序，为裸木马鞍刷上红色、黄色、古铜色、黑褐色等色彩的油漆，再镶上金色或银色的边。紧接着，穿上鞍梢，安装马笼头、马嚼子等马具，并搭配精美的毡垫，至此，一副完整且精美的马鞍才算制作完成。

阿拉坦巴根向我们介绍了各地不同样式的马鞍。原来，各地马鞍在形制上存在显著差异：有的窄小，有的宽阔；有的前后鞒高耸，有的则较为低矮；有的鞍座前后距离长，有的则较短。这些不同样式的马鞍，是为了适配不同地区人们的骑乘需求。在地势平坦的草原，窄小一些的马鞍更为适用；而在山区，宽一点的马鞍则更具优势。以乌兰毛都草原为例，这里并非一马平川，而是地势起伏、凹凸不平的山地草原，因此当地使用的马鞍前鞒稍高、后鞒稍平，鞍座也相对更宽。这样的设计，不仅能让骑手在乘骑时更为舒适，还特别适宜乘骑快马、颠马。也正因如此，乌兰毛都草原上的马鞍一直以舒适耐用著称。乌兰毛都草原的马鞍，被列为"内蒙古七种样式马鞍"之一，曾经畅销于区内外。有一年，锡林郭勒盟一次性就从乌兰毛都购置了300多副马鞍。20世纪50年代，全国各族人民翻身做主人后，满心喜悦，纷纷向党中央、毛主席敬献具有本民族特色的礼品，内蒙古所敬

阿拉坦巴根在制作马鞍

献的礼物，便是一具乌兰毛都式马鞍。这具马鞍，搭配精美的白铜龙首马镫，尽显珍贵与尊贵。

　　阿拉坦巴根将一个杏黄色木质马鞍连同马鞍架一起挪到了地中间。这副马鞍的毡垫边缘已经磨得破损，上面刺绣的花朵、文字、铜钱和吉祥图案，也变得黑乎乎、油汪汪的，唯有四颗硕大的铜质铆钉与六颗橘黄色的玛瑙依旧锃亮。再看毡垫下方，马鞍的木头上已布满丝丝裂纹，一看便知有些年头了。这副马鞍是阿拉坦巴根刚放牧时亲手制作的，至今已有26年。

　　接着，他从货架里面取出一副未经装饰的裸木马鞍，瞧着比上一副更显岁月风霜。马鞍表面的黄色油漆已然脱落，有些地方还隐约印着红色，想来是红色毡垫的颜色浸染所致。马鞍整体斑驳陆离，一块块浸透着岁月与牧马人汗水的黑色斑块，既像油污又似污泥——总之，岁月与人间的风尘仿佛都被封存在了这马鞍之上。穿鞍梢的孔眼光滑如水，油光锃亮；穿马镫梢绳的那个孔眼磨损得更为厉害，原本是扁长的长方形，如今已变成不规则的五边形，孔的下方还磨出了光溜溜的斜口，一看便知是主人经年累月用力向下蹬马镫，才将孔眼磨大、磨光滑的。与鞍鞒相连接的部位，有几根"硬毛"兀自挺立着。

"这分明不是木头啊？"我好奇地问道。原来，当年制作这副马鞍时，为了让它更加结实，特意在鞍座中间供人乘坐的位置，用麻绳紧紧箍裹了一层。那时候，当地种植着一种叫"青麻"的植物，人们等它成熟收割后，放进水里沤制，再剥下它的皮晾干，既能用来纳鞋底、做鞋子，也能制成各种绑绳。由于青麻富有弹性、拉力强、柔韧性好，还耐磨、吸汗，牧人们便将它用在马鞍上，一来让马鞍更结实，二来也能吸汗。为了让青麻与木头更好地融合，牧人会先把牛皮上的毛处理干净，再将皮子熬煮成黏稠的皮胶，用这皮胶把麻与鞍座牢牢粘在一起。经过多年使用，青麻与木头早已浑然一体，若不是因为年代太久，边缘处因磨损露出了像硬刺一样的"毛"，还真看不出这里用了麻。

这副马鞍的制作者是阿拉坦巴根的爷爷，至今已有一百多年历史了。阿拉坦巴根的爷爷和父亲都是草原上有名的牧人，也都擅长制作马鞍。阿拉坦巴根承袭了爷爷与父亲的技艺，他的传承谱系上这样记载：

阿拉坦巴根，男，蒙古族，1978年6月出生于乌兰毛都苏木勿布林嘎查。1998年开始参加劳动，并学习制作札萨克图传统马鞍。2020年，被命名为兴安盟第六批非物质文化遗产代表性项目"马具制作技艺"代表性传承人。

他的爷爷额勒伯，1917年出生于乌兰毛都公社敖力斯台大队，一辈子以放牧为生，放牧之余还制作札萨克图传统马鞍。在当时生活条件极其艰苦的情况下，他每年都会给左邻右舍免费制作二三十副马鞍，及时解决了牧民们的生产需求。

他的父亲僧格嘎日布，1946年出生，是科右前旗乌兰毛都公社敖力斯台大队的牧民，也是生产队里优秀的牧马人，年年被评为劳动模范。父亲从15岁起就跟着祖父额勒伯学习制作传统马鞍。20世纪七八十年代，国民经济刚刚恢复，生产队的牲畜数量增多，牧民对马鞍的需求也随之猛增，他父亲每年都会为牧民制作50多副工艺精湛的札萨克图马鞍……

这副百岁马鞍由爷爷传给了阿拉坦巴根的父亲，父亲又将它传给了他。时光流转，许多故事在光阴中悄然消逝，而关于骏马的传说、关于草原的记忆，却都凝聚在这副马鞍之上。它一定承载着爷爷与父亲的无尽回忆。当年，爷爷坐在自己亲手制作的马鞍上，骑着最心爱的骏马，在草原上追风牧马。那一匹匹疾驰的骏马，宛如绿色草海上奔涌的浪涛，一波未平，一波又起；马蹄飞扬，群马嘶鸣，草原为之欢腾，它们又似威武的士兵，激越昂扬地卷起阵阵烈风。爷爷该是何等兴奋啊！他高高扬起马鞭，热血沸腾地逐马飞驰。是马感染了他，抑或是他激扬了马？人与马一同驰骋在广袤草原，马鞍将二者紧紧相连，让马与人浑然一体，成为草原的主人、草原上的英雄。马鞍也将一个人与一群马紧紧相连，他们一同追风逐日，追逐远方，追逐梦想。那远方，正如马鞍上的精美刺绣般绚烂多彩，闪烁着锦绣光芒。

这副马鞍，该无数次见证过主人沐雨栉风的身影。他们一同顶烈日、冒严寒，一同经历大自然的风霜，一同用体温抵御冰冷的严寒。那时，马的体温、牧人的体温，都通过马鞍紧紧融汇，传递给彼此，温暖了彼此。牧人把自己的血汗与情愁借由马鞍传递给马，马鞍也默默见证着主人的欢喜与悲伤：看主人对着旷远天地唱出悠扬长调，歌声在高山河流间回荡，在骏马耳畔萦绕，此刻天地间仿佛只剩马，只剩端坐于马鞍上的牧人。马鞍还见证了无数次骏马助主人翻越高山、穿越密林，一同风里来雨里去，战胜重重艰难险阻；也见证了无数匹小野马从狂野到温顺的蜕变——当烈马在主人的英勇驯服下褪去桀骜，温顺地接受骑乘时，马鞍或许也在无声地分享这份胜利的喜悦吧。

每一次牧马人将鞍垫铺展在马背上，于人、于马而言，都是一次新的征程。这副马鞍"履历"丰富，它将人、动物、自然与人间世事尽收眼底，默默铭记。每一块斑驳的印迹，都是岁月沧桑融入自身的见证；每一处裂痕，都是日月悲喜刻进"骨头"的痕迹；那被磨得阔大而光滑的孔洞，更是生命力量一次次迸发后又收紧的印记。柔韧的青麻终究抵不住时间的搓磨，最终被揉进木头，成为其一部分；而坚硬的榆木、桦木，也无法拒绝力量、真情与汗水长年累月的浸润，终究将青麻接纳进自己的"身体"里。

在草原上，马是忠诚的伙伴，牧人是真诚的守护者，牧人把对马的真情倾注于马鞍制作中，也融入对马鞍的尊重里。人与马相生相伴，彼此增色，相互欣赏，互为慰藉。

自古以来，草原人对马鞍尤为珍视。"其鞍辔轻简，以便驰骋，重不盈七八斤。鞍之雁翅，前竖而后平，故折旋而髀不伤。镫圆故足中立而不偏，底阔故靴易入缀。镫之革手揉而不硝，灌以羊脂，故受雨而不断烂，阔才一寸长不逮四总，故立马转身至顾。"其实，马鞍不仅是马的装扮，更重要的作用是方便人骑乘。人坐上合适的马鞍，便能与马融为一体，一旦遭遇危险，主人只需紧紧勒住缰绳、蹬紧马镫，就不易从马背上滚落，从而保障人身安全。尤其在战争年代，战士若离开马背、失去战马，便如折翼的飞鸟；同时，马背上铺马鞍，相当于给马背加了一层软垫，能更好地保护马背不被磨伤。

因此，牧人们在平时存放、使用马鞍时格外用心，保管得极为精心。为防止马鞍上的皮革因水分蒸发而龟裂，从不会将其放在阳光暴晒之处；为避免发霉腐蚀，也不会置于过于潮湿的地方。不用时，会将马鞍搬进蒙古包，放在固定位置，且必须端端正正摆放，忌讳将鞍鞒朝下，也不允许孩子空骑在马鞍上玩耍。这些习俗在草原上传承至今。即便如今摩托车、汽车等交通工具渐渐取代了马，人们对马和马鞍的厚爱依然未减：长辈常把马鞍作为重要礼物送给孩子，有的家庭还将马鞍视作工艺品，特意摆放一副装饰精美的马鞍在家中。

当阿拉坦巴根的父亲从祖父手中接过马鞍时，他接过的不仅是一件器物，更是马与草原、父亲与草原、祖父与草原之间的深厚联结，是马与父亲、祖父关于草原的所有爱恋情愁，更是草原人世代传承的精神与品格。

一副精心制作的马鞍，往往凝结着制作者的匠心。马鞍的成色、质地与美观度，皆与制作者的心性息息相关。阿拉坦巴根的祖父和父亲都是当年草原上有名的"阿都沁"（优秀的牧马人），他们不仅马鞍制作技艺精湛，为人更是忠厚正直、坚强勇敢。从选料到成品，每一步都实打实操作，因此做出来的马鞍质量始终上乘。

阿拉坦巴根十几岁时便跟着父亲去草原牧马。父亲制作马鞍时，他总在一旁看着，偶尔搭把手，不知不觉间就将马鞍制作技艺熟谙于心。长大后，他把祖父留下的马鞍仔细珍藏，决心将这件传家宝一直传下去。这副马鞍，已然成为阿拉坦巴根家真正的传家宝，更成了他手工马鞍制作事业的起点与精神摇篮。

阿拉坦巴根深深羡慕并崇拜爷爷与父亲制作马鞍的精湛手艺，他们做事时那份认真专注的态度，更让他始终难以忘怀。父亲制作的札萨克图马鞍，与平原地区的马鞍截然不同——它不仅契合家乡杭盖草原的地势特点，彰显着乌兰毛都草原马鞍的独特风格，更重要的是质量始终上乘。

阿拉坦巴根不仅完整承袭了祖辈、父辈的马鞍制作技艺，更在质量上倾注了更多心力。他制作的札萨克图马鞍，选用的材质结实纯正，工艺精湛细腻，造型美观大方。他带着亲手制作的马鞍参加盟内外的各类赛事，如冬季那达慕、夏季那达慕等，屡次斩获一等奖。随着订购马鞍的人越来越多，他萌生了开办一家马鞍制作加工厂的想法。在争取到项目资金扶持后，如今的加工车间便应运而生。

走进他的加工车间，只见工人们各司其职：有的在用砂纸细细打磨木鞍，有的在为木鞍均匀上漆，有的在专注地打泡钉，有的在仔细拴鞍梢……每一道工序都是纯手工操作。另一间屋子里，还有人专门负责在鞍子的软垫上刺绣花朵。

他家制作马鞍的材料向来货真价实：所有木材均选用国外进口的上等木料；制作鞍梢、马鞭、马笼头等部件时，只用三岁膘肥体壮的牛的牛皮，且严格采用传统方法加工——先将整张牛皮切割成二三厘米宽的长条，再把这些牛皮条放进盛有牛奶的大缸里熬制，这一步俗称"熟皮子"。待牛皮熬制到合适程度，再取出来反复搓揉、捶压，将原本硬邦邦的牛皮鞣制成柔软坚韧的皮子。这过程说起来不过几十个字，做起来却需要花费大量心思与时间。

在盛着糨糊般乳黄色牛奶的大缸里，我看到了一条条被分割成条状的牛皮。那些缠绕在一起的牛皮条，在漫长的熬煮中经历着一次次蜕变。牛皮与牛奶本就出自同一头牛，算得上"同根相生"，如今在制作鞍具时，却以另一种方式再度相聚。二者在彼此作用中，经由牧民的智慧，最终成就了一件件精美的工艺品，为游牧民族的生产生活发挥着重要作用。这场景不禁让我想起了彩蝶的蜕变，也联想到人生的磨砺：幼虫要历经数次蜕变才能破茧成蝶；一个人要"在清水里洗三次，在碱水里煮三次，在盐水里腌三次"，方能磨砺出钢铁般的意志；而一条牛皮要成为更"有用之物"，同样要经过一番透彻的熬煮。

我再次打心眼里对牧人们生出由衷的敬佩：他们是如何想到用牛奶来熟皮子的呢？这种将生活中寻常事物巧妙运用于生活的智慧，实在令人叹为观止。

在阿拉坦巴根加工厂院子西头的塑料棚里，挂着一串串一指宽的牛皮条。阿拉坦巴根的哥哥阿拉坦根仓正站在一根铁柱子旁拽扯牛皮条：他把牛皮条在铁柱子上一圈圈缠绕，整理成一捆长度相近的皮条，卸下来后挂在北侧一人高的铁架上。这铁架的上端是一根碗口粗的圆铁棒，两侧各有一根结实的三角钢，呈犄角之势将圆铁棒稳稳撑起；铁架下方拴着一个车轮毂。

阿拉坦根仓将那捆皮条从顶端的圆铁棒上顺下来，往车轮毂上一摔，皮条便在轮毂的重力牵扯下分成两股垂落。铁架北头装着一台柴油发动机，机身上安了个杠杆，杠杆的长臂是一根碗口粗的木头。他把木头杠杆臂穿进两股牛皮条中间，再引燃柴油发动机——随着发动机"突突突"的轰鸣，下垂的两股牛皮条打着旋儿呼呼上下翻动，那根长长的木头杠杆臂则在两股皮条间快速上下移动，发出"嚓嚓"的声响。两股牛皮条时而相互缠绕、拧成一股，木头杠杆臂便顺势将其不断破开；在这样反复的摩擦中，牛皮条上残留的浆汁被蹭掉，变得愈发清洁柔软。

阿拉坦根仓忙得大汗淋漓，满脸通红，后背的衣服已湿透一片，却依旧一丝不苟地反复观察、抚摸着皮条，直到确认皮子真正"熟透"、变得柔软服帖，才肯停下来。那一刻，我忽然觉得那些白生生的牛皮条格外亲切，毫无生硬之感，也终于明白为什么纯手工制品价格不菲，却仍有人偏爱购买。先不论质量与环保，单是这制作过程，就倾注了匠人多少心思与气力啊！

很多时候，我们看着机器批量生产的物件工整华丽，却总会说"这是机器做的，不是纯手工"。即便机器制品色彩再艳丽、做工再整齐，仍有不少人更欣赏或选择纯手工产品。这不仅因为手工制作费时费力，更因为其中融进了人的汗水与心血，乃至人世间最珍贵的东西——情感。手工制品带着人的温度，少了机器的冰冷，每一处细节都是匠人经验的凝结，蕴含着浓浓的人情味。可以说，若没有对制作技艺的深挚情感，没有对生活的无限热爱，没有一双发现美、创造美的眼睛，便很难打磨出

绣满鲜花的马鞍

075

一件技艺精湛的艺术品。

如今，阿拉坦巴根已是远近闻名的手工艺人。他带着马鞍走出草原，走向世界，而马鞍也载着他驶向了理想的彼岸。他制作的马鞍供不应求，一年能接到一百多万元的订单。对此他满心欢喜——既传承了爷爷与父亲的技艺，又能通过这份事业获得收入。

正聊着，又有几位当地牧民走进来想买马鞍，阿拉坦巴根便起身去招呼客人。这时，我的耳畔仿佛又响起那悠扬的旋律：

在我长大成人的时候，成人的时候

忘不了那神奇的摇篮，神奇的摇篮

那是一副雕花的马鞍，

啊……嗬嗬……

在草原上世代相传，世代相传

孕育了多少民族的骄傲

编织了多少理想的花环……

绿色的敬畏

睡梦中被哗哗的雨声惊醒，密集的雨点正敲打着屋顶。我摸起床边的手机一看：凌晨4点10分。立刻起身拉开窗帘，天空像一口倒扣的灰色大锅，雨丝密密麻麻地垂落，地面上已积起一汪一汪的水。我的心情顿时一落千丈：真是太糟糕了！昨天还是晴空万里，今天怎么就下起这么大的雨？原本打算去看敖包祭祀，恐怕是去不成了。

之前整理"敖包祭祀"的文史资料时，我发现缺少图片。正巧前几日碰到满族屯满族乡的统战委员贺喜格陶特格，得知他们乡要在农历四月十九日举行敖包祭祀活动，便约好今天早晨一同前往。祭祀定在7点半举行，平时到满族屯满族乡需要两小时车程，今天冒雨赶路，两个小时肯定到不了。看这雨势，一时半会儿怕是停不了，我不禁犹豫起来：去，还是不去？窗外的雨丝簌簌成串，丝丝凉气钻进来，一想到要在雨里穿行，我不由得打了个哆嗦。我是虚寒体质，不怕热就怕冷，一遇冷天连手都不想伸出来，思维仿佛都被冻住了，脑子转不动。

想了想，我决定给贺喜格陶特格打个电话——万一今天的祭祀活动临时取消了，我不就可以顺理成章、坦然地不去了吗？怀着一丝侥幸，我拨通了电话。

"下这么大雨，敖包祭祀还举行吗？"

"下雨也照常举行。"

"雨这么大，咱们还去吗？"

"去。姐，你在家附近的路边等我，我这就出门。"

我真想脱口说出"我不去了"，但听着贺喜格陶特格语气那么坚定，实在不好意思开口——那样也太不讲诚信了。于是，我无奈地赶紧简单洗漱，快速收拾好东西，抓起一把伞冲出家门，到约定的路边等他。

天空依旧灰蒙蒙的，只是雨势比刚才小了些。过了几分钟，天色竟开始好转，灰白色的云层一片接一片地从北向南快速飘移。站在雨里，即便穿着绒裤，寒意还是阵阵袭来。此刻，我一心盼着雨能停下来，盼着太阳早些出来——这样既能遂了此次出行的心愿，也能拍上几张满意的照片。

等了七八分钟，贺喜格陶特格的车到了。为了赶上敖包祭祀，他特意选了近路走小道。7点整，我们抵达满族屯满族乡，雨还在淅淅沥沥地下着。多亏走了近道，倒多出点时间吃早餐。贺喜格陶特格先吃完，说："姐，我去换身衣服，然后咱们就去祭祀现场。"

要祭祀的是查干敖包，位于乡政府北面的山上。几分钟后，我们开车到了山脚下。

山脚下，已有三三两两的行人提着牛奶、奶豆腐、白酒、馃子、砖茶等祭祀品，冒着雨陆续向山顶攀登。等我们登上山顶时，山上已聚集了不少群众。查干敖包周围的栅栏上，悬系着五色哈达，披挂着五彩风马旗，整个敖包被装点得色彩斑斓。敖包顶端立着一大丛柳树枝，枝叶嫩绿，在雨水中更显青翠。从敖包底部向树枝上拉了许多绳索，绳上也挂满了五彩风马旗。细雨中的敖包，更透着一股神圣与庄重。

这场敖包祭祀活动，由满蒙文化促进协会负责组织。负责组织敖包祭祀的人员正忙着安排各项事宜，牧民群众则围绕敖包肃穆站立。

人群中既有年迈的老人，也有年轻的身影；既有男性，也有女性。敖包前整齐摆放着奶食品、酒、水果、砖茶、全羊等祭祀品。人群里有10位牧民格外显眼，他们身着蒙古袍、头戴白色礼帽，整齐地站成一排，精神抖擞。我心里暗自猜测：他们或许是有特殊身份的人吧？

7点半，敖包祭祀活动正式开始。协会会长先用蒙古语致辞，我向贺喜格陶特格询问具体内容，他简要解释说，会长主要介绍了查干敖包祭祀的历史渊源，以及今年祭祀活动的相关情况——今年是"查干敖包"祭祀的第26个年头，此次活动由满族屯嘎查的10位青年牧民自愿出资赞助，他们有的捐了现金，有的捐出了价值2000元的羊作为活动经费。原来，那10位穿戴整齐的牧民正是今年祭祀活动的赞助者。

主持人宣布祭祀开始后，协会会长带领众人先按顺时针方向绕敖包走三圈，再按逆时针方向走三圈。大家一边缓步前行，一边将自带的祭祀品摆放到敖包上；还有人不时将牛奶、白酒高高扬起，洒向敖包，清香的酒液与洁白的乳汁纷纷落在敖包之上。所有人都神情专注，脚步缓缓地绕着敖包移动，脸庞始终朝向敖包的方向，仿佛在向敖包诉说着什么。更有人虔诚地双手合十，向敖包磕头敬礼。

查干敖包并非普通敖包，而是内蒙古自治区72座著名敖包之一。相传多年前，满族屯的先人沿洮儿河北上，来到图不台沟定居，并在山谷中间（今科右前旗索伦镇好田扎拉嘎北山）立起敖包，祈愿牛羊兴旺、百姓生活富足。"查干敖包"意为"圣洁的敖包"。解放前，满族屯满族乡人每年都会前往此地祭祀敖包。后来因行政区域划分调整，查干敖包所在地划归索伦镇，满族屯满族乡人前往祭祀多有不便。"文革"期间，敖包祭祀活动一度中断。直到党的十一届三中全会后，各项政策逐步恢复，满族屯的广大群众，尤其是老人们强烈要求将查干敖包迁移到如今的满族屯满族乡境内，以恢复传统的敖包祭祀习俗。于是在1999年9月11日，他们请来当地长辈，驱车前往索伦镇好田扎拉嘎，将原查干敖包请回满族屯满族乡北山重新搭建。

从此，每年举行查干敖包祭祀成为满族屯满族乡一项雷打不动的活动，至今从未间断。

敖包祭祀活动最初由牧民群众自发举办，或单独出资，或集体筹资。后来满蒙文化促进协会成立，祭祀活动便由协会牵头组织，但无论形式如何变化，主办者始终是牧民群众。祭祀活动期间，还会同步举行赛马、搏克、拔河、赛布鲁、篮球及少儿歌咏等丰富多彩的文体娱乐比赛，这不仅有力推动了当地文化体育事业的发展，更激发了广大牧民发展生产、改善生活的积极性。2002年，由满族屯嘎查牧民浩斯主办的敖包祭祀活动，吸引了5000多人参与，盛况空前。

雨一直没有停歇。敖包祭祀仪式结束后，众人转场来到乡政府西侧的赛马场，接下来要举办一场小型那达慕，进行"男儿三艺"——赛马、射箭、摔跤比赛。参赛选手和观众们陆续冒雨赶来。

我心里暗自嘀咕：这雨里怎么开展比赛啊？正在这时，只见写有"满族屯嘎查'筑牢生态安全屏障·建设最美石榴籽家园'查干敖包祭祀那达慕"的条幅下，一位头戴白色礼帽、身着深蓝色蒙古袍的魁梧蒙古族汉子坐在桌前，正用蒙古语高声宣读着手中粉色纸上的内容。我向身边的乡干部打听，得知他在宣读敖包祭祀活动的赞助者名单，名单上列着各个嘎查牧民的名字。也就是说，除了那10位主要赞助的青年牧民，其他嘎查的牧民群众也纷纷伸出援手，赞助金额从200元、300元到500元不等。他手中的纸有好几页，等他读完，我走上前问道："雨还在下，那达慕还照常举行吗？"他斩钉截铁地回答："开，雨下得越大越好！"

我一时语塞。我满脑子想的都是下雨天冷，自己冻得难受；而他们心心念念的，却是天降甘霖、风调雨顺。不知是为自己的自私感到羞愧，还是被他们的虔诚打动，我的脸颊顿时一阵发烫。他那坚定的语气、虔诚的神情，与我后来在"巴音居日合乌拉祭"现场看到的另一幕虔诚画面，一同深深烙印在了我的记忆里。

"巴音居日合乌拉祭"是科右前旗唯一一项国家级非物质文化遗

产代表性项目。"巴音居日合"意为"富饶的中心山","乌拉"即"山",因此"巴音居日合乌拉祭"就是对巴音居日合山上的敖包与山神的祭祀。清朝时期,札萨克图旗郡王计划在境内设立一座旗敖包用于祭祀。选址时,发现巴音居日合山巍峨俊秀、山高树茂,登顶可将旗内的归流河、洮儿河两条河流及全旗名山尽收眼底,于是决定在此山修建敖包。按照蒙古族人自古以"3、7、9"为尊,以"七七四十九"代表最大的习俗,这里共修建了49座敖包——以一座3米高的敖包为中心,沿东南西北四个方向各分布着12座敖包。从此,每年农历四月二十七日都会举行敖包祭祀活动,由地方官员担任主持。

后来由于战乱、社会变革,巴音居日合山的敖包祭祀活动一度中断,但当地群众对这座山的敬畏始终未减。在与"巴音居日合乌拉祭"自治区级传承人王焕柱交流时,他讲述了自家与巴音居日合山的故事:王焕柱出生于20世纪60年代,家就在巴音居日合山脚下。小时候,每逢农历四月二十七日,父亲都会往打点滴用的葡萄糖玻璃瓶里装上酒,带上香、宰杀的公鸡和煮至半生的羊肉,前往巴音居日合山顶祭祀。每次去,父亲总会带上他。到了山顶,父亲会从葡萄糖瓶中倒出三盅酒,插上三炷香,再摆上鸡和羊肉,完成祭祀仪式。父母平时也常教导他,不能在巴音居日合山上说脏话、做不雅之事,更不能破坏山上的树木。父亲对这座山的热爱与保护,源自爷爷的教诲——爷爷始终叮嘱父亲要守护山中的生灵。王焕柱的父亲当年在生产队工作时,为保护山中植被,常带人看守山林;后来,担任嘎查达的哥哥接替父亲,继续承担起护林的责任。这些事,深深影响了王焕柱。2005年,王焕柱担任嘎查治保主任时,组织塑造了一尊巴音居日合山神像,并带领30多人将神像请到了巴音居日合山上。2013年,他又牵头成立了巴音居日合乌拉祭祀文化协会。为了把协会建设好、让祭祀活动规范开展,他专程前往多地考察学习,向老一辈人请教敖包祭祀的文化内涵与具体流程。

后来,经内蒙古自治区民俗专家考证认定:巴音居日合山敖包作为清代札萨克图旗的供奉敖包，其建造年代与规模在当今内蒙古地区都属罕见。由此，巴音居日合山敖包被列入内蒙古自治区72座著名敖包，巴音居日合乌拉祭于2020年12月入选第五批国家级非物质文化遗产代表性项目名录。

2024年农历四月二十七日这天，我也来到了巴音居日合山。远远望去，山峦连绵起伏、雄伟壮观，满眼生机盎然——翠绿的山体与蓝天相接，绿意氤氲中雾霭缭绕，透着蓬勃的生机与祥和之气。右侧山峦上，七座山头巍然耸立，如北斗七星般排列，当地人称"七星台"。走近山体，松树、桦树、柞树、五角枫等树木郁郁葱葱。我不禁想，若没有一代又一代像王焕柱父亲、兄弟这样的守护者，这座山恐怕不会有如今的繁茂，更不会有眼前的"绿水青山"。

2005年，中断60余年的巴音居日合乌拉祭祀习俗得以恢复。2010年，在多方人士资助下，巴音居日合嘎查与附近胜利嘎查的村民共同将古敖包群修葺一新：他们把花岗岩雕刻的山神像安置在主敖包前，修筑了1800级水泥台阶方便攀登，还从附近嘎查一位老人家中找到了巴音居日合乌拉山神像——据说这幅神像连老人的儿子都不曾见过，几十年来，老人一直秘密守护着它。此外，他们还从民间收集到了《熏香词》，以及丹麦探险家、人文学家哈士伦在1936—1937年间采集的"巴音居日合乌拉颂"珍贵照片等史料。

巴音居日合乌拉祭的流程，通常是先祭祀山上的敖包，再祭祀山神。遗憾的是，我没能赶上敖包祭祀仪式，好在赶上了祭祀山神的环节。沿着石阶登上山神庙，只见庙门前矗立着一棵粗大的柞树，树干上披满了五彩哈达——这棵柞树想必已生长了许多年头。山神庙西侧，身着蒙古袍盛装的人们往来忙碌；东侧则聚集着前来祭祀的群众。

8点半，祭祀山神活动正式开始。祭祀程序包括献香、献三彩哈达、献歌，以及敬献鲜花、圣水、鲜奶、酒、砖茶、炒米、水果、全羊肉等祭祀品，还有放生白马、敬献祭祀文等环节。每个环节多由9人一组进行敬献，且均由男性完成。他们迈步轻缓，落脚无声，神情肃穆，仿佛生怕惊扰了山神，惊扰了山上的花草树木与生灵。

尤其令我动容的，是他们敬献圣水、鲜奶、酒时的那份"虔诚"：9个身高马大的彪形大汉屏气凝神，小心翼翼地端举着手中的杯子，一步一步缓缓向前，生怕洒出一滴酒、一滴水、一滴奶。此刻他们的脚步，竟比女子还要轻盈——实在难以想象，这便是平日里粗喉大嗓、大步流星、能拔山举鼎的豪放汉子。他们端举的哪里只是一杯水、一杯酒、一杯奶？那分明是对自然的无限尊崇与敬畏。

《草原敖包祭祀文化研究》一书提到，在古人的观念中，高山峻岭是离天最近的"擎天柱"，是天神降临之地；山越高，"仙气"越盛，故有"天在山中"的说法。人们祭祀敖包、祭祀高山、祭祀山神，实则是在祭祀"天"，祭祀"天地父母"。这种习俗，是草原牧民的一种文化，更是一种信仰。

乌兰毛都苏木勿布林扎拉嘎敖包祭祀的祭文中这样写道：

敖包祭祀是山、水祭祀相结合的祭祀活动，是蒙古族人自古以来通过这种形式来保护山河的传统习俗。

大山是人和动物赖以生存的依靠，山林能引来雨露，因此人们把故乡的山尊称为"宝格达海日罕"（圣山）、"阿爸乌拉"（老父山）。

水是万物的生命之根，是绿色的根源，因此蒙古族人把故乡的河敬称为"苏恩高勒"（乳汁的河）、"额吉高勒"（母亲河），并加以祭奠……

可如今，山变得荒秃，生态被破坏，环境恶化，因而让恩重如山的阿爸山抱怨，风变得硬了，雨也变得少了。若任其发展，我们将面对没有树木的荒山、没有水的干河、没有花草的原野、没有膘的畜群……这是多么可怕的景象。因此，我们要保护好赖以生存的环境。要想富裕，不能干涉生态平衡。想让子孙后代生活富裕，必须爱护家乡的山水，爱护仅存的这片科尔沁草原。

这就是我们用白音居日合山的吉石竖起勿布林敖包的原因……

从这份祭书中，我们能感受到白音居日合山曾有的繁茂——山上的石头都被视作吉祥之物，拿去搭建敖包；更能体会到人们对自然环境的珍视。祭祀敖包，是为求雨、求草原繁茂、求生态向好，这是人们心中最直接、最迫切、最真实的愿望，而这份愿望又带着最单纯、最虔诚、最朴素的底色。

祭祀终究是一种形式，它将人们对自然的崇拜具象化，也以潜移默化的方式唤醒公众的环保意识。这与"世界地球日""世界环境日"的设立初衷异曲同工：每年4月22日和6月5日，世界各地的人们以多样方式宣传环保知识，提醒人们守护环境、珍惜自然、呵护地球，其内核与敖包祭祀的初衷、作用并无二致。只是敖包祭祀中，那份对自然的虔诚与敬畏发自肺腑，而非刻意为之。我想，若人人都能怀揣这份赤诚的敬畏，我们的生态环境定会愈发美好。

其实，蒙古族人对自然的这份虔诚与敬畏不难理解。他们世代栖息于草原，以游牧为生，与自然的联结更为紧密——自然是他们生存的依托，因此他们对这片土地、这份馈赠也倍加珍爱。

在乌兰毛都草原上，流传着许多与自然共生的习俗：人们绝不会把脏东西随意丢进溪流河水；游牧转场时，定会将垃圾仔细掩埋，绝不任其散落。这些约定俗成的规矩，在一代又一代人中默默传承，成了刻在骨子里的自觉。追溯历史，这样的生态智慧早有明文记载。成吉思汗《大扎撒》中便有规定：禁止在水中或灰烬上溺尿，汲水时必须使用器具，不得徒手；从冬初首场雪至来年牧草泛青的围猎季，严禁猎杀孕兽与幼崽。蒙哥汗时期更明确：正月至六月，凡怀羔的野物一律禁杀。《喀尔喀法典》第133条严苛规定：库伦割地外一箭之地内的活树严禁砍伐，违者没收工具及全部随身财产；即便是砍伐枯树、故意折断活树冒充枯树者，也会被依法没收斧头——要知道，在当时，一把斧头已是相当贵重的生活用具。这些古老的生态理念，如同草原上的根系，深深扎进牧人的心里。任凭岁月流转、世事变迁，保护自然、守护生态的信念始终代代相传，从未褪色。记得一次那达慕大会上，一位牧民拿起话筒，用蒙古语向乡亲们恳切叮嘱："咱们要把自己带来的垃圾都带走啊，这可是咱们自己的草原……"

风调雨顺，草木丰茂，畜群兴旺，永远拥有湛蓝的天空与碧绿的草原——这便是牧民们心底最虔诚、最质朴的心愿。

在科右前旗境内，有一座山巍峨耸立，高大的乔木、低矮的灌木与各色花草交织生长，遍布山间。山间河水淙淙，风光秀丽，空气清新得沁人心脾，静谧中透着生机。走进山里，树木枝叶交错、遮天蔽日，连穿行都要费力拨开枝杈。2010年我第一次攀登这座山时，便被这里茂密的植被深深震撼——我走过不少山，却从未见过这般浓得化不开的葱郁。山顶有一处泉水，神奇的是，干旱年月不会干涸，汛期也从不溢出。有人说，这里曾是皇家御院，专为王宫贵族提供游猎之所，因此植被才保护得如此完好。我暗自思忖：自清帝退位至今已逾百年，若周遭百姓随意砍伐，山上的草木怎可能留存得如此完好？

后来，我听闻了一则关于这座山的传奇故事。很久以前，山脚下住着一对靠狩猎与采药为生的夫妻：丈夫身强力壮、勤劳能干，妻子貌美贤淑、心地善良。一天，丈夫在山中发现一头野鹿，随即追了上去；妻子在林中采药，装满竹筐后便靠在大树下等待丈夫同行。睡意袭来，她靠着大树打了个盹，梦见一条巨蟒正张开血盆大口扑向丈夫，危急时刻，一位牵黑山羊的白胡子老人挥刀砍向蟒身，丈夫才侥幸脱险。惊醒时，山风呼啸、寒意刺骨，百步外的树丛中竟真的窜出一条大蟒，直扑而来，她吓得魂飞魄散。恰在此时，一阵带着草木清香的山风拂过，牵黑山羊的老人缓步走来，巨蟒见状，慌忙钻进密林逃遁。这一幕恰好被归来的丈夫撞见，他拉着妻子跪地叩拜，视老人为山神显灵。夫妻二人从此放下猎枪，每日焚香叩谢山神庇佑。这座山由此得名"哈日雅玛图山"，意为"有黑山羊的山"。此后，当地人便在每年五月初五举行"五月节祭"，以祭祀山神。如今，这项祭祀已列入兴安盟非物质文化遗产名录，朝日吉乐便是其旗级传承人。他自幼记得，爷爷奶奶每到五月初五都会宰羊祭祀山神与山泉，还常告诫他："黑羊山上的一草一木，动不得。"

敬畏，还是敬畏。

对每一座高山、每一处泉水的虔诚祭祀，说到底，都是对绿色生命的敬畏，对大自然的敬畏。若人人都能对一草一木、每一条河流、每一座山峦满怀敬畏，便不会肆意破坏自然，不会为了蝇头小利而向自然无情索取，我们的生态家园也不会遭此重创。

大自然向来沉默，它无法诉说自己的疼痛，却会以无声的方式回馈人类——那些悄然降临的惩罚，其实早已埋下伏笔。要知道，大自然是一个精密的生态系统：每一条溪水都是它脉络上的神经，每一粒土壤都是它肌体里的细胞，每一棵树、每一根草、每一株花、每一个动物，都是这庞大系统中鲜活的血肉。一个生灵之于自然，就像一滴水之于大海，看似微小，却关乎着整片大海的磅礴与活力。

记得十多年前，我曾下乡采访。那是个春旱的年份，整个春季只下过一场小雨，家家户户都在抗旱种地。好不容易等小苗拱出地面，却依旧滴雨未下，可怜的幼苗干得发蔫，软软地贴在地上。我们在一户村民的院子里，和主人聊着旱情，说着抗旱救苗的艰难。

正说着，屋里走出一位满头银发、脊背佝偻的老奶奶。她努力抬起头朝我们这边望了望，然后迈着蹒跚的步子走到院墙边，扶着墙站定，目光望向村子南边。大伙儿七嘴八舌地感叹旱情严重，说拉水抗旱多不容易，最后在一声长长的哀叹中，不约而同地说："要是能下

巴音居日合山

一场雨就好了!"话音落下,所有人都低下头沉默了,院子里顿时鸦雀无声。

这时,扶着墙的老奶奶缓缓仲山布满褶皱的干枯手掌,指向村子西南方向,轻声说:"以前那儿有一大片树林,自打那片林子被砍了,这屯子的雨就少了……"阳光洒在她头顶,银发在光线下根根晶亮,像落满了星星。

自然生态系统的脆弱与神奇,在细微处尽显。满族屯满族乡北山查干敖包祭祀公园内,一块警示牌上的文字清晰庄重:"敖包是满族、蒙古族自古以来尊崇、祭祀的圣洁之地，人们通过祭祀敖包祈求风调雨顺、五畜兴旺、人丁安康、吉祥平安。"紧接着，九条规定条条严明：一、不准上敖包山打猎、砍树、折摘花草；二、不准在敖包附近嬉闹、酗酒、大小便，不准往敖包上乱扔东西，不准攀爬敖包；三、不准在敖包附近咒骂、打架、哭泣；四、不准在敖包附近设摊买卖；五、不准乱动敖包上的哈达、石块、树条，不准随意拿走供奉敖包的物品，更不准相互抢夺并拿回家；六、祭祀者应将祭祀品恭敬地摆放在祭祀台上，不得随意抛向敖包；七、对待敖包要恭敬，自觉遵守敖包禁忌；八、祭祀活动结束后，祭祀者和游客应将装祭祀品的袋、箱、瓶等物品随身携带下山，以保持敖包环境的清洁；九、立敖包、祭敖包是牧民群众自觉举办的群众活动，因此，爱护敖包，人人有责。

总之，任何人都必须以纯粹的虔诚与敬畏之心对待敖包祭祀。这份心意，像草原的绿一样自然本真，像祭祀时的祈愿一样纯正无瑕——无关私心杂念，只为感恩天地，求风调雨顺、草木丰茂、万物祥和、山清水秀。它如未被污染的高山流水般清澈，似草原的天空般澄澈晴朗。

此刻忽然明白，人这一生，最该学会的便是敬畏。心有所畏，才能言有所戒、行有所止。当敬畏扎根心底，面对人、事、世界与自然时，便会多一分谦卑：说话时会斟酌分寸，不胡言乱语；行事时会恪守规则，守住底线，不猖狂无忌，更不会胆大妄为。这份敬畏，恰是人与自然、与世界和谐相处的基石。

温暖的乌兰毛都

乌兰毛都草原的绿，是能惊动诗心的。许多诗人曾踏足这片土地，被它质朴纯粹的绿意拨动心弦，他们以情为墨、以爱为韵，将对草原的眷恋谱写成清新的诗行，从不同角度描摹着这片土地的浩瀚绿意、深邃静谧、端庄之美与古朴韵味。其中，兴安盟诗人樵夫的《乌兰毛都的草》最得我心——它精准捕捉到了草原谦和的性格、沉静的气质，以及那份开阔中藏着的火热胸襟。

乌兰毛都，一些山丘是谦逊的
它们收起悬崖和陡峭
缓缓地躬着背，降下自己的高度
让更低微的草站上去，让牛羊
能够轻易找到生存的梯度

开篇几句便将乌兰毛都隐于绿海之下的内敛与谦逊、不争与奉献写得淋漓尽致。那些山丘收敛了锋芒，以躬身的姿态托举着青草与生灵，这份包容与温厚，恰似草原的灵魂。

当你真正走进乌兰毛都，便会懂这种力量——低缓的群山会悄悄拂去你身上的锐气、傲气与怨气，让心在不知不觉中沉静下来。无论从哪个方向而来：自科右前旗新城出发，沿着丘陵般的低矮山脉渐入舒缓群山，静谧的村庄、温润的草木次第铺展，没有丝毫高不可攀的疏离，只将一个远离喧嚣的世界轻轻送进眼底、沁入心底；从阿尔山西南而行，作别高耸山峦与茂密丛林，走向舒缓的杭盖草原，看河水蜿蜒如绸，静谧与清凉便悄悄漫过思绪，草香顺着呼吸钻进肺腑；最终投入草原的怀抱时，慢下来的不只是脚步，更是那颗在尘世中奔波的浮躁之心。

乌兰毛都的治愈，从不需要声张。望着草原上悠闲漫步的牛羊、安然卧于草丛的生灵，你会忘了年龄、忘了时间，忘了那个繁芜喧腾的世界，像草一样舒展，与牛羊一同享一份闲适。它始终恬淡悠然，任外界千变万化、争奇斗艳，自守一份安然自若。或许，这正是"夫唯不争，故天下莫能与之争"的深意——乌兰毛都以它的谦和与包容，成就了最动人的辽阔与永恒。

然而，"乌兰毛都，从来都不曾平静"。实际上，乌兰毛都是充满热情的，它被绿色肌肤包裹的内心是火热而欢腾的，火热的情、欢腾的爱一直在乌兰毛都草原上涌动、流淌。

互　助

作为一个北方人，相较于夏日太阳的炽烈，我更喜欢冬日的太阳。冬日的太阳温和地挂在天上，即便直视也不觉得刺眼，始终暖暖地望着你，带着融融暖意。冬天的天空也不那么高远，仿佛离人很近，近得就像在房顶上。

那是一个风和日丽的冬日，阳光绕着乌日娜家的窗户徘徊。阳光倾泻而入，屋里暖意融融，宛如春日；窗台上橘红色的长寿花，正和太阳比试着谁更热烈。

穿着草绿色蒙古袍、头扎粉色丝巾的乌日娜，将牛奶倒入锅中。我们说话的工夫，锅里的牛奶很快就"嘟嘟"地冒起了泡泡。乌日娜握着木勺，不停地将沸腾的奶液扬起、翻搅……她神情专注，可我总觉得，她的思绪并未停留在奶皮子上，而是陷入了深深的思念——那思绪飞出高楼，飞出霓虹闪烁的城市，飞向辽阔的草原，飞回到遥远的过去……

乌日娜是科右前旗"查干伊德"制作技艺的传承人。她从小在牧区长大，是吃着姥姥和母亲做的奶食品长大的。她总赞叹姥姥的手艺高超：记忆里，每当姥姥把做好的奶豆腐穿成串，在阳光下晾晒时，会看到金黄色的晶莹液体一滴一滴往下落，像琥珀般晶莹剔透、闪闪发光。说这些时，乌日娜的眼睛里闪着光，而我听得味蕾躁动，嘴里不禁涌出了口水。我赶紧按捺住这没出息的生理反应，悄悄咽了下去。还好，乌日娜正忘情地讲述，没注意到我的狼狈。

乌日娜手持勺子上下翻动，锅中沸腾的牛奶随着勺势上下翻飞，落回锅里时，溅起一朵朵洁白的小乳花。她说，做奶皮子得把牛奶打出泡沫，泡沫越多，奶皮子上的蜂窝就越细密，吃起来也越松软、越有嚼头。

聊着聊着，话题转到了她的母亲。母亲因长年在野外游牧，落下严重的风湿病。在她十几岁时，怀有身孕的母亲便卧床不起；生下妹妹后，又因身体虚弱没了奶水。那时家里没有产奶的牛，她们只好找屯里两户刚生了牛犊的人家，想讨些牛奶喂妹妹。两户人家一听，二话没说就应了下来。更让全家感念的是，从那以后，这两户邻居便无偿轮流隔天给她们家送牛奶。每天清晨，邻居都会早早把奶牛牵出院子，拴在门口的木桩上，等她们家人去挤。她的妹妹就是靠喝屯里这两户人家的牛奶一天天长大的。

说着说着，乌日娜的眼里蓄满了泪水。她轻轻抽噎了一声，随即转头抬袖，掩着面擦了擦眼睛。"你说，那些人咋就那么好呢？"她问我。

此时的我也语塞了，为掩饰喉咙里的哽咽，只轻轻"嗯"了一声，勉强笑了笑，便立刻低下了头。

如今，乌日娜住进了城市的楼房，却依然保留着做奶食品的习俗。她说，入冬后一有时间就会动手制作，留着过年吃。小时候家里便是如此，年前做奶食品是桩重要的事。对牧民来说，这习惯大抵就像我小时候家里过年要杀猪一样。在我儿时，每逢腊月，当白雪与严寒封冻了万物，家家户户杀年猪，早已成了一种仪式。

因此，每年一进寒冬腊月，我总会想起小时候杀年猪的情景。那是我们冬季最期盼的事，盼着天再冷些，好把猪肉冻住。大人们要做不少准备：父亲备齐杀猪、灌肠的器具，母亲则要切大量烩肉用的酸菜。因要切的太多，左邻右舍总会来帮忙——姨婶、姐嫂们七手八脚地从高高的酸菜缸里捞出酸脆白嫩的酸菜，一叶叶掰散，再分着切丝。这时，我们小孩子总围着菜板打转。当酸菜掰到只剩白白嫩嫩的菜心时，七大姑八大姨就会把菜心"赏"给我们，笑着说："给你们，一个个馋猫似的！"随即挥挥手赶我们："快点躲开这儿。"我们捏着娃娃菜似的酸菜心，你一片我一片分着，那脆嫩中带点酸的滋味，被我们吃出了龙肝凤髓般的珍贵。大人们则握着刀，从肥硕的菜叶根部切入，把厚厚的、水汪汪的菜帮一层层片成薄叶，刀行至尾部菜叶处便停住，保证叶片不散，再一刀刀切成细丝。案板上刀起刀落，"当当"声交织出好几种节奏，热闹极了。所以，每到寒冬腊月、年关将近时，我总会想起父亲母亲——那时他们还不算太老；也想起那些姨姑姐嫂，还有左邻右舍的乡邻们。如今，这一切都成了往事。父母离世后，那些记忆仿佛变得更远了，可即便如此，也挡不住我一遍遍回想。尤其是近些年，不知怎的，越发爱琢磨这些旧事。它们像一根根穿越时光的丝线，丝丝缕缕牵连着我的心……

我想，乌日娜大抵也是这般心境。她盯着锅，目光却有些游离，手仍机械地一勺勺翻搅着牛奶。她一定想起了奶奶、妈妈，想起了那些好心的邻居……对她而言，做奶食品早已不只是为了吃，更是一种怀念。

锅里的牛奶泛起更多白花花的泡沫，洁白的乳汁像一朵朵盛开的花——那是天底下最圣洁的花，是手足相亲、邻里相帮的花。它像牛奶一样，质朴、高洁，又带着暖暖的温度。

暖　爱

在乌兰毛都草原，牧民间的互助之举不胜枚举。当地有位叫包布敦的额吉，一生养育了18个孩子。令人心疼的是，她生下每个孩子时都没有奶水，18个孩子全靠左邻右舍的牛奶喂活。额吉活到89岁，生前常向人说起这段往事，每次提及，总会泪流满面。

身为母亲，生下孩子却无法用奶水哺育，该是何等锥心的痛！如今即便没有奶水，也有各种营养奶粉，调温水冲好即可喂养；可在当年物资匮乏的岁月，哪有这些？作为母亲，她该有多焦急、多煎熬！所以，每一次迎接新生命的时刻，对包布敦额吉而言都是最痛苦的时刻——眼睁睁看着孩子挨饿，自己却无能为力。那时的她，一定在深深自责"为啥这么不争气"，而每个做过母亲的人，都能体会那份无力感带来的剜心之痛。

好在，每次都有亲如手足的邻居牵来奶牛，帮她把孩子一个个拉扯大。作为母亲，包布敦额吉是伤感的，她没能用自己的奶水滋养孩子；但她又是幸运的，有那么多好邻居、好兄弟姐妹帮她渡过难关。对孩子们而言，出生后没能吮吸母亲的奶水，或许是种缺憾；可他们又是有福的——降生在这片辽阔而博爱的草原，有那么多亲人、朋友为他们备好哺育生命的牛奶。那一口口牛奶，都是救命的甘泉啊！

每当和草原牧民聊起这些互助的往事，他们总说得云淡风轻："这些事在我们这儿常见，从前一直这样。"仿佛怕我不信或不解，他们会补充道："我们这儿自古就讲究互帮互助、团结友爱。出去游牧要走很远的路，一家肯定不行，常是好几家合伙同行。我们必须像一家人一样团结一心……"在他们心中，团结互助本就是天经地义的事，实在不值一提。

三五辆勒勒车在空旷的草原上缓缓前行，车上承载着几家人的营生，也承载着他们的希望、温暖与情感。在这片无边无际的草原上，人们确实需要紧紧相依。从前的岁月里，他们不仅要应对吃穿用行的窘迫，还要抵御恶劣天气的侵袭，提防随时出没的狼群——一家一户，实在难以独自支撑游牧生活。应对自然的挑战与生活的艰难，团结互助既是现实生产的必需，更是牧人们内心与情感的归宿。唯有内心坚韧顽强、情感富足温暖，才能成为战胜困境的首要力量。无论草原多么空旷辽远，只要心与心在靠近，便不会慌张，也不会孤寂。每当遭遇难处，想到身旁有情同手足的姐妹、亲如血脉的安达，自然就有了战胜一切的勇气与力量。

事实上，这些淳朴的牧民不仅真心帮扶草原上的兄弟姐妹，更无私地向国家、向全国的同胞奉献着爱心。

乌兰毛都草原上，蒙古族、满族、达斡尔族、汉族等各族兄弟姐妹聚居于此，互帮互助，和睦共处。20世纪五六十年代，不少汉族群众因各种缘由迁居至此，当地居民给予了他们满满的包容、理解与关爱，于是，这些外来的兄弟姐妹也把根深深扎进了草原。正是游牧这种原生态的生活方式，让乌兰毛都的人们团结得更紧密——他们的胸膛里，都跳动着一颗火热的心。

最早生活在乌兰毛都草原的是科尔沁蒙古族人。后来，满族萨木嘎其其格公主嫁入草原，随她而来的满族同胞便在这片水草丰美的土地上定居下来。蒙古族包氏家族有族内不通婚的习俗，满族王氏家族也有类似的规矩，于是，在同一片草原上生活、习俗相近的蒙满两族便常常通婚。如今的乌兰毛都草原，早已成了蒙满交融、互助共生的大家庭，这里的人们都有着草原人特有的宽广胸襟、淳朴豪情与大爱深情。

聚居在乌兰毛都草原的各族牧民，在不同历史时期，每当国家陷入困境，总会慷慨献出宝贵财产，为国家和社会添砖加瓦。据史料记载，1932年11月，时为科右前旗旗府所在地的王爷庙街，始建国民同优级学校（今乌兰浩特市爱国一小的前身）。因是国民联合办学，便号召全旗富户捐款。当时，满族屯的富户们从草原赶来三个浩特的羊，还把蒙古包扎在洮儿河东岸，全力支持学校建设。"浩特"意为"羊圈"，当时习惯将约1000只羊的群体称为一个"浩特"，三个浩特便是3000只羊。别说在缺衣少食、贫穷落后的年代，即便在今天，3000只羊也绝非小数目。

1950年抗美援朝期间，当地牧民群众踊跃行动：捐献牛羊支援前线，妇女们则拿起针线夜以继日赶制衣物、鞋子等生活用品，还有的牧民上山打猎、制作牛肉干送往前线。到了汶川地震、非典疫情期间，牧民们又自发来到嘎查，为千里之外、同属祖国大家庭的兄弟姐妹们捐款捐物。这难道不是他们心中燃烧着烈火般的炽热大爱吗？

爱如长河，在一代又一代牧人的血脉里流淌，温暖了草原，也温暖了人世间。

"那年真苦。我们苦，下边来的人也苦。""下边"是牧区群众对平原地区人们的称呼。因乌兰毛都草原地处大兴安岭南麓，属山区，地势比平原高，从牧区往平原去，相当于从高处向低处走，于是人们便把平原地区称作"下边"。1958年，"下边"个别地区遭遇洪涝灾害。当时，全国人民都在为偿还外债节衣缩食，平原受灾群众更是处境艰难。为化解灾情、帮扶灾民，国家将邻近农区的受灾群众陆续送往牧区安置。那时牧区的日子也不好过：牧民春夏秋三季游牧，冬季才回嘎查居住，家家户户房子狭小，通常只有一间卧室。可当受灾的农区兄弟姐妹（大多是汉族同胞）来到草原，牧民们还是在这小屋里毫无怨言地接纳了他们——一间屋子住两家人，南炕一家，北炕一家，共用一个厨房，一家做完饭，另一家再用。

如今想来，牧民们的大爱何其深沉：接纳素不相识的人同住一室，这正是"谁言无衣，与子同袍"的现实写照——只不过是"谁言无屋，与君同室"，还是语言不同、民族各异的两户陌生人，共用一个厨房度日。而牧民们非但没有半句怨言，还总念叨着："那年真苦，我们苦，下边来的人也苦！"越是艰难时，越能见人心。饥饿、寒冷、贫穷没有消磨乌兰毛都牧民的悲悯之心，反而让人性的光辉愈发闪耀，见证着人与人之间的无私奉献，见证着那颗满是热忱的爱心。就这样，他们一同烧着牧区的牛粪取暖，一同喝着牧区的牛奶果腹，一同抵御空旷草原的严寒，与饥饿抗争，与困顿较劲，相互扶持、依偎着挨过了那个寒冬。

当春阳洒满草原、春风拂过草甸时，受灾的"下边"兄弟姐妹们踏上了归途。我想，多年以后，那些来过牧区的"下边人"一定还会记得那个冬天，记得乌兰毛都草原的模样，记得兴安岭以北的这片土地，记得这个充满大爱的北疆。

情 怀

"边""戍""戍边"——是地理位置赋予了这些字遥远与荒凉的意味，还是它们本身就自带荒凉与孤寂的气息？偏远、寂寞、严寒，呼啸的风、淅沥的雨、大如席的雪、腾空的雕、萧条的柳、凄清的笛声……当你踏入茫茫草原，那种荒凉感仿佛穿越千年风雨，直扑而来。

"从前这儿都没人。"当地牧民说的是 20 世纪 70 年代的景象。那么更遥远的从前，想必比现在更荒芜，比这些词语勾勒的画面还要凄清。站在满族屯满族乡乌兰敖都嘎查，站在 800 多年前修筑的金界壕上，一股复杂的情绪在胸中翻涌、堆积，瞬间竟涌起想哭的冲动。

为防御蒙古骑兵南下，金朝皇帝下令修筑这条绵延 5000 余公里的"大墙"。随着墙体一天天增高、不断延伸，不知承载了多少相思与凄苦——家人思念远方的亲人，戍边的官兵迎着呼啸的北风，满腹的愁苦与牵挂又能向谁倾诉？这些情感涌上心头，又沉沉落下，最终只能散入云端，托付给日月与翩飞的鸿雁。

我脚下是一座边长 200 米的四方城，虽已过了 800 多年，仍能看出南面和北面曾有城门的痕迹。住在这座"金城"旁的那木吉拉大哥反复跟我说："我瞅着这两个对开的就是城门，城门中间该是座大房子。"我也这般觉得。当年，在这座城里戍边的人们过着怎样的日子？但无论多辛苦，守好每一寸国土，都是他们刻在骨子里的责任。

地理位置赋予了科尔沁草原独特的历史使命——守好边关，科右前旗也因此成为名副其实的边境旗县。满族屯满族乡是全国唯一从事畜牧业生产的少数民族边境乡，与蒙古国有着32.456公里的边境线。或许是历史的传承，守边情结早已深深扎根在当地人的心底。在荒凉偏僻的北疆，在茫茫大兴安岭脚下，在天边寂寥的草原上，在这片看似远离诗书礼义与繁华喧嚣的僻静之地，你能真切感受到那份浓烈的爱国爱家情怀。

满族屯满族乡地处大兴安岭南麓、科右前旗西北部，西北与蒙古国接壤。全乡共1549户4480人，总面积4318平方公里。我所在的"金城"，就位于该乡的乌兰敖都嘎查。站在"金城"上向东望，山坡上"扎根边疆，心向中央"八个红色大字赫然醒目——这鲜艳的标语正是牧区干部群众心声的写照，他们正以实际行动诠释着对祖国的赤诚。

乌兰敖都嘎查位于满族屯满族乡西北方向，距乡政府75公里、科右前旗政府149公里。因距离较远，牧民办事多有不便，同时为更好地守护边疆，针对这种"鞭长莫及"的实际情况，满族屯满族乡特意在此设立了党群服务中心边境服务站，满族屯派出所也在此设立了警务服务室。此外，还有一支"不穿军装"的草原巡防队伍常年在草原上巡防，守护着祖国的边境。这支"守望草原巡防队"是牧民自发组建的戍边力量，成员包括当地嘎查干部、退伍军人、青年牧户等。

科右前旗守望草原巡防队有着深厚的历史根基，其前身是"三队一协会"。2012年，为适应新形势新任务下的发展变化，着力构筑祖国北疆安全稳定屏障，针对当地地广人稀、牧民居住高度分散、交通和通信不畅等实际情况，科右前旗边境管理大队与满族屯边境派出所积极探索、大胆实践，整合边境社会资源，组建了由牧民群众、退休老干部、治安积极分子、草原110联防队员等十类人员共同参与的"三队一协会"群防群治组织——牧点骑巡护边队、夕阳红老年巡防队、红色堡垒先锋队和守望草原协会。

　　"三队一协会"组建后，迅速在广大牧民群众中引发强烈反响。2020年1月，其先进经验被推广至科右前旗各边境辖区，并正式更名为"守望草原巡防队"。这支队伍的主要任务是开展治安防控、矛盾纠纷排查化解、文明劝导、邻里互助、社区矫正、法律政策宣讲等群防群治及辅助性警务活动。

　　由此，草原上又多了一股流动的互助力量、一道坚实的安保防线，既便利了群众，更形成了"家家是哨所，人人是哨兵"的良好局

面，凝聚起新时代草原群防群治的强大合力。守望草原巡防队将边境前沿的160余处牧点串联成边境区域动态管控网络的感知触角，采取"边放牧边巡视、边看护边警戒"的联动群防模式，协助边境派出所开展边境巡逻、治安防控、纠纷调解、普法宣传、生态保护等平安边境守护行动。

　　听着讲解，看着介绍，我不禁感叹：人们真是有智慧！守在家门口看护家园，牧民们就像一个个移动的监控摄像头。哪里有蛛丝马迹、风吹草动，他们最清楚不过——就像熟悉草原上的每一处凹地、每一条小溪、每一片草场那样，这份熟稔带来的效果自然事半功倍。而牧民们更有担当。他们默默坚守，一发现险情与端倪便立即行动：牧民烧柴时不慎引燃柴垛，他们发挥就近优势，迅速扑灭火情；大雪封山阻断村民回牧点的路，他们第一时间前去救援；牧点信息不畅，需要传达消息或办理事务时，他们最先赶到；遇有突发情况，他们立刻出动，站在一线；举办那达慕大会等大型活动时，他们又化身现场安保人员，维护秩序与稳定……他们就是牧民身边的"110"，是国家的忠诚"卫士"。

　　守望草原巡防队真诚服务牧民、踏实巡边的事迹，深深打动了其他牧民，大家纷纷申请加入这支有爱的队伍。2022年冬天，牧民吴巴达日乎家600多只羊走失，急得他团团转。附近的护边员得知后，赶紧联络众人帮忙找回了羊

守望草原巡防队

群。吴巴达日乎感动不已，执意要加入巡防队。2023年春节期间，上万只黄羊从蒙古国涌入边境线——这些"贵客"带着陌生感横冲直撞，有的撞到网围栏上受了伤，有的因饥饿掉队。巡防队员们又成了黄羊的守护者，日夜看护，还把受伤、饥寒的黄羊送到救助站。他们打趣说："这个年，全交给黄羊了。"

守望草原巡防队自成立以来，截至2024年累计巡逻、踏查2300余公里，为边境派出所提供案件线索200余条，协助破获刑事案件8起，抓获网上在逃人员7名，参与扑救火灾12起，找回走失牲畜上千头（只），为群众挽回经济损失300余万元——而这还只是2024年夏季统计的数据。

我想起科右前旗的简介：这里是以蒙古、满、回、达斡尔等少数民族为主的传统牧业区，辖区面积6726平方公里，牧业生产作业点1400余处。这1400余处牧民点，就像编织在北疆6726平方公里安全屏障这张大网上的一个个节点，有他们在，一道绿色的安全屏障便始终矗立。

在"金城"附近，牧民玉莲姐家大门的牌子上，写着几个红色大字"红色堡垒户"。她家的蒙古包上也挂着一块牌，上面用红字写着"巡防队堡垒户"。我问玉莲姐巡防时的感受，她说："其他季节都好说，就是冬天，那个冷啊！"说到"冷"字，她的身体不禁一缩，我也跟着打了个寒战——仿佛亲眼看见狂风怒吼着穿过空旷的草原，阵阵寒风呼啸着掠过枯黄的荒草……对女同志而言，巡边不仅要有不怕苦的精神，更得有战胜自我、克服困难的勇气，或者说，是担当。

那么，担当是什么？或许，担当就是一种情怀，一种保家卫国的赤诚情怀……

传　统

乌兰毛都草原是平静的，也是沸腾的；是柔和的，也是坚韧的；

是粗犷的，也是细腻的；是绿色的，也是绚烂多彩的。这便是我每次看见札萨克图刺绣作品时的感受。每件作品都独一无二，浸透着温暖的气息，每位绣娘笔下的花朵都绽放得格外动人。

这些刺绣的纹样，皆源自牧民的生产生活：草原、高山、云朵、河流、勒勒车、蒙古包、牲畜，还有萨日朗、杏花、山菊花、芍药、牡丹与荷花……而我发现，石榴是其中格外重要的元素，也是使用频率颇高的纹样，在烟袋、褡裢、枕头、马鞍、衣物上随处可见，姿态繁盛。那些石榴，有的顶枝带叶，生机盎然；有的已结满籽粒，饱满的石榴籽撑裂果皮，半露着粉红的果肉；有的则是颗颗籽实紧密相拥，丰盈饱满；还有的石榴枝头有雀鸟欢鸣，或是簇拥在繁花之中……

望着这形态各异的石榴，心间不觉涌上团聚的暖意。这些石榴哪里是绣在布上，分明是深深扎根在草原人的心上啊。

其实，北方草原并不盛产石榴，可绣娘们的祖辈在百年前、几十年前绣制的衣物、鞋履上，却都有石榴图案，这着实让我惊奇。我好奇地问："为什么绣这么多石榴呢？"她们笃定地说："石榴是团结的意思嘛，大家紧紧抱在一起，才有更大力量……"

我一时语塞。这些绣娘有的只是普通牧民，有的甚至没进过学堂，却能随口道出绣石榴的缘由。或许是辽阔的草原让她们的心更懂得凝聚，或许是常年的游牧生活让她们深知团结的力量有多厚重，又或许是团结催生的暖意无数次焙热过她们的心灵——这份温暖化作绵长的情愫，代代相传。可以确定的是，她们把团结视作一种高尚的品格，一种需要世代延续的传统。这种团结的理念，早已与她们淳朴的心灵相融，根植于心底，流淌在血脉里。

绣娘们不仅把团结的信念绣在衣鞋上，更绣成精美的画作挂在墙上。年逾七旬的敖特根其其格额吉，定期开办免费培训班，传授札萨克图传统刺绣技艺。她家墙上挂着的一幅刺绣画格外醒目：画面下方是盛放的牡丹，上方是两颗鲜红的石榴——一颗石榴上绣着五颗五角星，另一颗则绣着饱满紧凑的石榴籽；两颗石榴前是叶片，上面绣着一枚党员徽章，石榴与叶片合在一起，恰是"100"的象形；再往上，是两只天蓝色的和平鸽展翅飞翔；最顶端，是"各民族像石榴籽一样抱在一起"13个金黄色大字。

这是敖特根其其格老人为庆祝中国共产党成立100周年特意绣制的作品。整幅画面色彩明艳，洋溢着温暖祥和的气息，生动形象地诉说着草原人民对祖国的热爱，对中华民族一家亲的向往与祝福。一种源自自然的美、发自肺腑的情感，从画面中缓缓流淌，就像草原的绿，清新、纯净，带着沁人心脾的惬意与美好。

乌兰毛都，"乌兰"在蒙古语中意为"红色"，乌兰毛都草原便是"红色的草原"。面对眼前铺天盖地的绿色，许多人会心生疑问：这里为何被称作"红色的草原"？相传，这里曾盛产"乌兰那"（欧李树，一种结着小巧红色果实的灌木。每到秋天欧李果成熟时，骑马踏过欧李树林，晶莹剔透的果实便会染红马蹄，这片草原也由此得名"乌兰毛都草原"。如今，火红成片的欧李虽难再见，却仍能在山水间、草原上寻到它们的踪迹。这片绿色草海，也曾是红色的家园。望着那抹想象中的红，我不禁喃喃自语：乌兰毛都，红色的草原，真暖。

从"金城"返程时，绿浪翻滚的草海铺展在眼前，火红的欧李树却反复在脑海中浮现。我忽然发觉，这两种平日反差极大、对比强烈的颜色，竟如此协调地交融在这片草原上——就像生活在这里的淳朴牧民，相交相融、互助共生，一切都那么自然、平和。

望向草原深处，一种强烈的感受涌上心头：流淌在草原血脉里的红色基因，孕育并滋养了这片绿色草原的包容与祥和。

青草的清新气息扑面而来，沁入肺腑，又丝丝缕缕地渗入血脉……

遥远的记忆

奶奶说着说着就老了，那仁朝格图听着听着就长大了。

那仁朝格图时常想起儿时的故事。那记忆好遥远，至今想起仍是一片懵懂；那记忆又那么漫长，像勒勒车伴着"嘎吱嘎吱"的声响，慢悠悠走过草原。记忆随草原上的草儿四季荣枯，却从未真正消失，它仍在草原上流传，深深烙印在那仁朝格图的心上。

奶　奶

草原上的人们常说，和长辈一起长大的孩子聪明。老人们总用这话夸赞那仁朝格图，如今他自己也深深认同。是啊，能和一位见过世面的老人一同成长，孩子自小就多了几分见识。奶奶亲身经历的岁月故事，奶奶从别处听来的陈年往事，再加上他自己的成长轨迹，让他的人生阅历自然比同龄人丰厚。阅历多了，汲取的经验便更足，人也就显得更聪慧。

那仁朝格图是谁？他是札萨克图旗郡王的后

人，如今住在科右前旗德伯斯镇，在德伯斯学校任教，既是资深的民族文化研究人士，也是内蒙古自治区非物质文化遗产代表性项目"乌兰伊德"的代表性传承人。他对札萨克图旗的风俗习惯、历史文化了如指掌，这一切都离不开童年时在奶奶身边的耳濡目染——那些由奶奶亲口讲述的无数故事，为他埋下了认知的种子。

那么，他的奶奶又是怎样一个人？这位奶奶本就不平凡。她出生于1903年，是札萨克图郡王手下官员的女儿，常出入王公贵族之家，见过的人、经的事自然格外多。对那仁朝格图来说，奶奶就像一座"富矿"，她常和其他长辈一起叙旧话往事，也总把科右前旗的历史、自己童年的点滴讲给他听。

灿烂的阳光透过毡房穹顶，洒在奶奶的绣品上。她手捏针线，将草原上的花草、风景与阳光一同绣进绸布，而草原的景致、科尔沁的故事，也随着她的话语缓缓铺展……

那仁朝格图是札萨克图旗郡王第五子布达奇的后代。

13世纪初，蒙古部落间的矛盾日益尖锐，战乱与分裂在部族间不断上演。科尔沁部哈萨尔的后代不愿见部族陷入战火，选择了远走他乡。哈萨尔的十四世孙奎蒙克塔斯哈喇，带领部分部众南下，沿松花江、嫩江一带游牧，并控制了松花江、黑龙江流域的女真部落，这一支后来被称为"嫩科尔沁"。然而，时局的走向从不以少数人的意愿为转移。科尔沁部渴望平静的游牧生活，终究未能如愿。努尔哈赤部族逐渐壮大后，向科尔沁部发起进攻；在单独作战失利后，又联合扎鲁特旗、赤峰、通辽等地的部落一同进逼，科尔沁部最终败退至如今的黑龙江江桥一带。

1604年，林丹汗继承汗位。由于他是成吉思汗的后裔，蒙古各部名义上的政治中心，仍是林丹汗所属的察哈尔部。16世纪末17世纪初，蒙古诸部各自为政，割据一方。17世纪初，奥巴成为嫩科尔沁世袭领主，仍与努尔哈赤持对抗态度。林丹汗继位后，与努尔哈赤形成对立，他采取"先处内，后处外"的政策，企图以武力统一科尔沁部。于是，以奥巴洪台吉为首的科尔沁贵族为抵抗林丹汗入侵，联合努尔哈赤共同对付林丹汗，由此与后金建立了密切联系。

1612 年，努尔哈赤主动向科尔沁部明安贝勒（纳木赛之子）提出聘女为妃，双方结为姻亲，满蒙联姻的序幕就此拉开。1625 年，林丹汗联合漠北喀尔喀部蒙古围攻奥巴所居的格勒珠尔根城。奥巴因兵力不足，向努尔哈赤告急求援，努尔哈赤随即派出援兵，林丹汗仓皇退兵。次年五月，奥巴率领部众前往谢恩，献上貂裘、驼马等物，努尔哈赤亲自迎接，并将侄孙女肫哲公主许配给奥巴——这是努尔哈赤家族首次将女儿嫁入科尔沁蒙古。与此同时，努尔哈赤增封科尔沁部首领奥巴为土谢图汗，封其弟布达奇为札萨克图杜陵，封其叔图美为代达尔汗，他们的牧地位于科尔沁右翼中旗，而布达奇的领地便是科尔沁右翼前旗……

在那仁朝格图与伙伴玩耍的间隙，奶奶讲述的一则则小故事，像一只只美丽的蝴蝶，翩翩飞进他的心里。在奶奶断断续续的讲述中，他渐渐了解了科尔沁蒙古，了解了科尔沁右翼前旗的过往，也了解了自己祖先的故事。在浩瀚草原上长大的他，跟着奶奶一同走进了草原的沧桑变幻——那里有人间烟火，也有传奇轶事；有四时风光，也有沃野千里。这片草原上曾经发生的故事，像闪烁的点点火光，一点点照亮了他的心灵。在他心中，科尔沁部的历史如茫茫科尔沁草原般浩瀚，又如兴安岭外的世界般神秘。在七彩霞光里，在璀璨星光下，那些人、那些事时常闯入他的脑海。他常常望着深邃的苍穹，陷入深深的思索与想象：想知道天的那边正在发生什么时，脑海中便会浮现出一列列在草原上逶迤迁徙的勒勒车队，一队队在硝烟中飞驰的战马，一个个身披铠甲、跨骑骏马的勇士，一群群身着盛装的人们……

过　年

最令那仁朝格图印象深刻的，是过年时的情景，总让他觉得既好奇又神秘。由于奶奶出身大户人家，家中的一些蒙古族习俗得以完好传承。蒙古族过年极富仪式感，先是腊月二十三过小年。蒙古族称腊月二十三为"巴嘎新"（小年），这一天也是祭火日。不过蒙古族中的孛儿只斤（包）氏会在腊月二十四过此节，相传是因有一年成吉思汗率军征战，途中耽搁，直到腊月二十四才返程，此后孛儿只斤（包）氏黄金家族便定在腊月二十四祭火。

小年这一天，核心是祭火。人们起得格外早，那仁朝格图常常在睡梦中就被奶奶唤醒。他睡眼惺忪地向外望，窗外仍是一片漆黑。炕桌上摆着奶茶壶和茶碗，奶奶端着茶碗慢慢啜饮，目光望向窗外。院子里传来扫帚清扫的唰唰声，还有铁锹铲东西的咔嚓声。奶奶喝完奶茶，回头将茶碗放在桌上，瞥见懒洋洋缩在被窝里的他，轻声说："今天是小年，得早起了，大家都在收拾院子呢。"在那仁朝格图的记忆里，年，就是在清晨的劳作声与奶奶的轻唤中拉开序幕的。

这一天格外繁忙。一家人清扫完院子，还要用白灰粉刷房屋，俗称"扫房子"。但这些都不是最重要的，最核心的环节是晚上的祭火，白天所有流程都是在为它做准备。

院子和房间打扫干净、屋子粉刷完毕后，一家人便开始准备晚饭"阿木苏"，同时备齐祭祀火神的供品。阿木苏是蒙古族的传统美食，将肉、黄油、枣、黄米等食材混在一起，煮成稠粥。

蒙古族人对火有着特殊的崇尚，他们认为火是家庭与生命延续的根脉，是兴旺与发达的标志。细想之下，这并不难理解——火在人类社会发展进程中举足轻重，对长期居住在山林与草原上的蒙古族人而言，更是不可或缺。火为他们驱走黑暗与寒冷，带来光明与温暖，助力狩猎，还让人们吃上了熟食。这份依赖，让人们对火怀有深深的崇敬，在蒙古族人心中，火的地位至高无上。

远古时期，蒙古族先祖在部落社会初期，也和人类其他民族一样经历过母系社会。由此，他们将火视作"母"，认为圣火象征着圣洁与兴旺，是生命与财富的源泉，更是保护和延续生命的女神。从繁衍生息的角度看，火神母便是延续家庭香火的神灵。事实上，一位母亲承担的正是家庭与家族传宗接代的重任，而一个家庭、家族的"香火"，便是子子孙孙的绵延。唯有后代不息，家族才能兴旺发达。

传说中，火神会在每年腊月二十三这天前往天界，向上苍禀告人类一年来的境况。由于火神常年与每家每户相伴，最清楚人们的善与恶，因此家家户户都会在这一天燃香祭祀，祈求新一年风调雨顺、人畜兴旺、安康幸福。

祭祀火神时，人们常用"图拉嘎"。在游牧岁月里，蒙古包内没有专门的取暖设施，每个包内都会备一个火撑子——一种下方有四个脚的圆形铁器，蒙古族人称之为"图拉嘎"；有的人家没有火撑子，就用炉子代替。奶奶常念叨，祭祀火神最好用果树枝，因为结过果实的树枝象征着孕育、收获与甜蜜，所以要早早备好。

在那仁朝格图的记忆里，每逢小年这天，父亲总会早早从院子封冻的冰中刨出先前宰杀的羊肉，拿回屋化开，再找出羊的胸叉骨煮熟。父亲左手攥着熟胸叉骨，右手持刀，从前端开始剔肉，唯独留下一块带皮的肉。他握着刀在骨头上仔细划绕，一丝不苟地按传统习俗操作，再把剔下的肉放进招福桶。

那仁朝格图满是好奇，又像往常一样向奶奶发问——他总觉得奶奶无所不知。奶奶告诉他，羊的胸叉骨朝向大地，是保护心脏的关键部位，堪称一只羊的至尊之处，祭祀尊贵的火神，自然要用羊最尊贵的部位。由此，火在蒙古族人心中的分量可见一斑。

夜幕降临，全家人换上节日盛装，戴好帽子与围巾，围坐在火撑子旁，祭祀火神的仪式正式开始。父亲先将树枝铺在地上，点燃火撑子中的火，再在火边摆上五个稍大的银杯或铜杯，把阿木苏盛入杯中。他用手指在阿木苏中摁出小凹坑，填入黄油，插入裹着羊毛的白草当作佛灯点燃；又取五棵草，用布料或绸缎做缨，分别插在阿木苏边缘——绸缎多选蓝、白、黄、绿色，唯独不用红色，因火为红色，需避讳。随后，在阿木苏另一侧插上点燃的香。

这时，坐在正中的奶奶率先行熏香礼，母亲接着点燃佛灯与火撑子中的圣火。父亲拿起一旁的羊胸叉骨，在熊熊燃烧的火撑子上顺时针绕三周，再将叉骨尖端朝北放进火里，祭拜火神。紧接着，他把黄油、奶豆腐、干奶皮子、马奶酒、枣、糖、酒、砖茶等供品一一敬献给火神。

火中，羊胸叉骨"滋滋"作响，红色的火焰向上腾跃。屋内一片肃穆，火光映红了每个人的脸庞，也照亮了整个屋子。奶奶带领父亲、母亲和众人一同跪拜，诵《吉祥福禄的八位葛根》经。

经文大意为：

三十天为一月，三百六十天为一年，我们将一年里得来的最好之物献给尊敬的火神，祈求保佑生活富足、子孙满堂、五畜兴旺、无病无灾、健康长寿。

那由钢铁铸成、用火镰打出火星、能照亮黑暗、赐予光与热的火神啊！回到上苍之后，请为我们祈福——愿你惩恶扬善，让我们牛羊成群、生活安定、幸福安康。如今，我们为你奉上丰美的肉食与醇香的奶食。

诵完经文，众人再念祭火词、献上供品，随后举行"招福仪式"。大家围着火撑子，每个人都双手捧着盛有阿木苏的杯子，跟着手持招福桶的父亲挥舞召唤。当父亲问"福分来了吗"，大伙便异口同声地答"来了"。之后，所有人将杯中的食物全放进火堆，一同屈膝跪拜。

如今，随着生活方式的变迁，祭火仪式多以单个家庭为单位简单举行，但人们仍会把一年里最好的食品、饮品敬献给火神。在城市中，则会在小区或固定场所集体祭火。"札萨克图祭火"作为传统非物质文化遗产，已于2017年被列入兴安盟非物质文化遗产项目名录。

从小年这一天起，阿木苏的香甜就漫进了那仁朝格图的日子里——年，就这样开始了。奶奶说，祭祀完火神，火神与众神便回天庭相聚，要到初一早晨才会下界。接下来的七天，母亲成了家里最忙碌的人，炸馃子、包饺子、做一大桌饭菜冻起来，就为过年时客人来了，能随时取出加热，省去手忙脚乱。

炸馃子是蒙古族过春节时必不可少的传统美食。母亲和好白面，擀成薄片，切成长方形小块，在面片上用刀划两道口子，两端不切断，使面片变成两端相连、中间分三股的样式。随后将三张长方形面片叠在一起，把一端从中间的划口处翻出来，做成菊花状的面坯。为让馃子更酥脆，母亲常会把面坯放到室外冻一冻。北方过年时正值天寒地冻，刺骨的严寒中，面坯只需放片刻就冻得硬挺。母亲将其拿回屋，放进烧沸的羊油锅里炸熟。冷热交替间，面坯在热油中"嘭"地炸开，瞬间膨起，满锅都是噼噼啪啪、刺刺啦啦的声响。蓬松的面坯像一朵朵菊花在油锅里绽放，奶香与面香交织的甜香，在屋里弥漫开来。

七天转眼就过，要做的事还有很多：换洗被褥、缝制新衣、购置年货、用纸裱糊屋子……之后，便是要隆重地迎接新年了。

大年三十的早餐较为简单，通常是奶茶、奶食品、炸馃子等。到了除夕，年夜饭的主角是羊肉：大户人家会备上全羊，普通牧户则以羊头、羊腿为食。在蒙古族的观念里，羊头与羊腿象征着全羊，用它们来收尾一年的日子，饱含着对过往的总结与对圆满的祈愿。吃年夜饭前，先要祭拜逝去的长辈——将饭菜中"德吉"（最好的部分）敬献给先祖，以表追思与感恩。之后一家人围坐餐桌，按年龄与辈分排序，小辈向长辈敬双杯酒，并行跪拜礼。待老人饮下敬奉的酒，众人便动筷享用年夜饭。吃完年夜饭，还有一项重要仪式：老人带领后代，按顺时针方向绕火塘三周，再从火上跳过去。这一习俗寓意着将旧年所有不美好都投入火中焚毁——蒙古族深信，火有净化之力，能消弭一切病毒与厄运，为新的一年带来洁净与吉祥。

大年初一要早早起床。相传新年第一天踩上"福路"，全年都会顺遂。人们会按吉利的方向迈出新年第一步，回来后在院中摆好供品，趁太阳尚未升起时祭拜"腾格里"（老天爷）。全家人从南向西、西北、东南方向依次跪拜，迎接各路神灵。接着，把牛羊赶到房屋周围，点上熏香，每人手持几根香，围着畜群边走边高声祈福，祈求五畜兴旺。

吃过早餐，人们开始拜年：先给家中长辈拜年，再给同辈中的兄姐拜年，晚辈还要到屯里的亲戚家拜年。大年初二则是邻居、朋友互访拜年的日子。蒙古族认为，初二是一年中最吉祥的"巴拉告尼玛"日，意为"诸事顺遂、功成之日"，这天提倡学生读书、女人做刺绣等针线活、男人放羊，各自专注于分内之事。

此外，大年初六要将供佛的供品分赠众人；初十开始接羔；正月十五，春节宣告结束，全屯人会聚集所有剩余食物一同分享，之后便投入新一年的生产生活中。

红　食

蒙古族在长期生产生活实践中，逐渐形成游牧民族特有的饮食文化，称为"乌兰伊德"，意为"红食"，即肉食，是蒙古族传统饮食文化的重要组成部分。那仁朝格图关于红食的大部分知识，都源自奶奶的言传身教。屯里的老人们常聚到他家，围坐在一起聊生活、谈饮食，有时父辈也会前来问询。在这样的耳濡目染中，那仁朝格图积累了丰富的红食知识。如今，他已是科右前旗红食文化的权威，在"乌兰伊德"传统饮食制作及相关礼仪方面经验深厚，并于2016年被命名为自治区级非物质文化遗产项目"乌兰伊德"代表性传承人。

乌兰毛都草原的肉食以绵羊肉、山羊肉、牛肉为主，马肉次之——这源于蒙古族"马为尊贵"的传统观念。因此，本文所讲的红食，将以"羊"为核心展开。

草原人民对牲畜始终充满敬畏之心，在鼠日子、羊日子坚决不宰羊、不卖羊；宰羊也分时节，按照牲畜的生长周期，五六月牲畜开始抓水膘，七八月开始抓油膘，立秋之后才开始宰杀，这时的羊肉肉质细腻、营养丰富。

那仁朝格图宰羊用的是蒙古族特有的"掏胸法"，这种方法不出血、不折磨动物：先拔去羊胸口靠近腹部的毛，用刀割开约2寸的直口，再将手顺刀口伸入胸腔，摸到大动脉后掐

那仁朝格图正在制作红食

断。这样一来，大部分羊血流聚在胸腔内，既干净无损耗，便于灌制羊血肠；又有少部分羊血渗入肉中，让羊肉呈粉红色，煮后味道鲜美且易于消化。

宰完羊后，剥去羊皮，切除头、蹄，清理干净内脏和腹部软肉。蒙古族宰羊从不用刀砍，而是顺着羊的关节肢解：先分成羊头、羊背、胸叉骨、前后腿等八大块，再细分成50块；拆分骨头也遵循关节纹理，绝不剁断，始终保持骨头完整……这让我不禁想起平日里杀猪宰鸡时磨刀霍霍、抡刀挥斧的场景，相较之下，这般做法确实多了份从容与斯文。

草原上的乌兰伊德细数起来有几十种，大体分为全羊、羊背子、额布楚（胸叉骨）、珠玛（烤全羊）、羊（牛）头、肉干等。不同做法适用于不同时间与场合，而何时宰杀、用何种方式宰杀，也

羊背子

都自有讲究。

那仁朝格图小时候，每逢亲戚结婚、老人过寿，或是家里来了尊贵客人，他总是最高兴的——因为这时能吃到全羊席。全羊在蒙古语中称为"布呼勒熟斯"，是科尔沁蒙古族最高规格的待客礼仪，多用于大型宴会、婚庆喜宴、生日祝寿等场合，也用于接待身份尊贵、德高望重的客人。

羊屠宰后，先将羊头上的毛褪净，在阴凉处晾约一个小时，再放入盛满凉水的大锅中煮。煮肉时，汤里不加任何调味品，只放适量盐，以保留羊肉最本真的鲜美。随后把羊内脏煮熟；羊小肠洗净后，灌入拌好面粉和调料的羊血制成血肠，再煮熟备用。

上全羊席的羊肉有严格讲究：需羊背子、2块肩胛骨、3根肱骨、2根股骨、6节胸椎、8条肋骨，且骨头上的肉不能剔掉，要保持原貌；羊头、羊胸腔和羊背子也需整煮。这才称得上"全羊"！更讲究的是摆放：那仁朝格图对此熟稔于心，做得恰到好处——要将羊脖、羊头对着客人，羊尾巴对着门。乌兰毛都草原的全羊宴，通常不上羊蹄、羊脖、短肋和小腿骨……真是独具特色的饮食文化。那仁朝格图从小就能熟练完成宰杀、剔肉等工序，且擅长烹饪。

乌兰毛都草原上最具特色的红食当属蒙古族烤全羊和手把肉，做法有烤、煎、炸、炖等。我最爱的也是手把肉。草原上做手把肉，通常将肉放入不加盐和其他任何佐料的凉水锅中，适当控制火候，待水沸腾、肉色发白即可——据说这样能最大程度保留羊肉的原汁原味。一般用刀割开肉，见肉里刚好没有血丝时捞

手把肉

出，装盘上席。若是过了这个火候，羊肉反而会变硬，口感大打折扣。难怪草原上的羊肉总是香味扑鼻，且吃起来很有嚼头，原来奥秘就在这里！

手把肉鲜而不膻、肥而不腻，是草原牧民最常吃也最钟爱的食品，更是招待客人必不可少的佳肴——若是不用手把肉待客，仿佛就无法完全表达心意。吃手把肉时，大家围坐一起，蘸上韭菜花，更添几分鲜香。

到牧区下乡，除了手把肉，我最爱的便是煮手把肉的羊汤：没有杂七杂八的调料，只加少许盐，在如水般清澈的汤面上撒几片翠绿的葱花，恰似清澈河水中飘落几片嫩叶，既添情致，又增食欲。尤其晕车时，喝上几碗鲜美的羊汤，顿时神清气爽——淡淡的肉香混着葱花的清香，让肠胃立刻舒服了许多。

红食中最鲜美的当属手把肉，而要说色、香、味、形俱全，则非烤全羊莫属。两者相较，手把肉胜在清淡适口，烤全羊则以香味浓郁见长。烤全羊是蒙古族接待尊贵客人的名菜，也是全羊席中最讲究烹调技艺的上乘大菜，寻常宴席难得一见。烤全羊的做法与煮全羊不同：煮全羊是卸开后分煮，烤全羊则是整只烤制。一种做法是，羊宰杀后不剥皮，去掉内脏和蹄子，将食盐等调味品放入羊腔，架在木炭上反复翻转烘烤；另一种是先剥去羊皮，在羊腔内放入调料后缝合腹腔，用大锅慢火煮熟，取出调料后再用火烤干。烤时，阵阵香味不绝如缕，回味悠长。

那仁朝格图的讲述，单是记录下来就需费些工夫，更别说亲手去做了。世间诸多美好往往难以速成，恰恰是深功夫铸就的。

印象最深刻的是炒　肉——这是蒙古族红食中的重要一味，炒出的不仅是美味，更有生活的智慧。炒肉的做法是：将煮熟的羊肉切成四五厘米见方的肉块，入锅翻炒至外表金黄，鲜美的肉香便四散开来。炒肉近乎炸肉，肉块经高温逼出油脂，不易变质；但又不同于烤肉，肉块内部仍饱含肉汁，外焦里嫩，吃起来不硬不柴，反倒酥软鲜美。

说它"炒出了智慧",是因为牧民游牧时,常将炒肉装入羊膀胱中随身携带。牧人何等聪慧!炒肉加盐翻炒后,连油带肉一同储存,久放不易变质,这般巧思,竟省去了如今冰箱的"笨拙"。我再次对游牧民族的智慧肃然起敬——他们将生产资料利用到极致,也研究到极致,在饮食中吃出了智慧,更在生活中活出了智慧。

红食不仅做法考究,吃法也大有讲究。蒙古族人认为,羊胸骨是保护心脏的部位,最为高贵,故而要敬予女性——需双手朝上扣合,用刀割三下,连带着上翘的骨头也要割去。羊站立时,大胯骨正对着天,是羊身上位置最靠上的部位,被视作与天相接的肉;加之大胯骨保护五脏六腑,自带力量与承托感,因此多用于招待男宾,且要和尾巴一起切成长方形。红食中,羊头同样珍贵。在蒙古族人看来,头自古是首领的象征,代表方向,也是羊的"思维核心"。大胯骨常与羊头一同出现,食用前有特定仪式:用刀在羊前额画太阳、月亮,或割出大十字;大胯骨先绕圈割,再直割;羊头、耳朵上则割小口。羊脖子也备受重视——蒙古族人认为它有六个关节,羊的灵魂就藏在最上面的那个关节里。吃完羊脖子后,人们常用黄油填满关节,再放到火上烧烤,寓意五畜兴旺、牛羊成群;吃剩的羊骨头要放到树上或屋顶,既不能丢在地上,也不能喂狗。吃肩胛骨时另有讲究:若有舅舅在场,便不能吃;若要吃,则必须每人都尝一口,以示团圆,也寓意团结的力量。据说萨满能通过肩胛骨算命,年长的奶奶对着太阳一看,便能知晓家里五畜是否兴旺。

我突然觉得,比起牛羊,鸡鸭猪鱼实在有些"枉活"——就那样被囫囵吃掉,少了这般多的仪式、讲究与内涵。同时也很惭愧:自己这些年真是白吃了,活脱脱一个"吃货"。摸摸肚皮,关于草原红食文化竟没半点印记,只知道图个香。又觉得对不住羊:我最爱的就是乌兰毛都草原的羊肉,嫩而不膻、肥而不腻,可对它的饮食文化却知之甚少。

但我又对草原上的羊肃然起敬。一只羊死去能如此有尊严、有讲究，也算是死得其所了。牧民宰羊时，忌讳说"杀""死"，也不愿亲手动手，常请邻居帮忙。他们先将奶酒敬予自然，再用刀割断艾蒿，口中念道："我不是在宰羊，而是在割断艾草，是把长生天恩赐的福分回馈自然。"宰羊时，要让羊头朝北；羊圈要盖在靠山处，寓意羊从圈里出来时，灵魂能留在圈中……草原上，人与牲畜皆是伙伴，人们对牲畜满怀敬畏，牲畜也以身相报。

食用红食的禁忌也不少：忌讳给客人上羊脖骨、浮肋，宴席上避讳上内脏；忌讳傍晚带着红食进别人家，忌讳在羊圈门口宰羊；卸肉必须按骨节卸开，剔肉时禁忌把骨头刮得太干净，须留部分肉；煮肉忌讳过火炖烂；盛肉时禁止刀刃朝向客人，要刀刃朝下、刀尖朝里；吃肩胛骨时禁止一人独享，必须分给众人同享……

听着那仁朝格图的述说，品味这些礼俗与禁忌，便会明白他说的远不止食肉之事，其中蕴含着对天地自然的敬畏，对社会伦理的恪守，更践行着万物和谐共生的理念。

每逢过年，每逢制作红食，那仁朝格图总会想起奶奶。关于奶奶的记忆，以及奶奶说过的那些事，有些在他看来已日渐遥远，还有一些甚至随着时代的飞速发展，悄然湮没在时代大潮里。但他始终在尽力实践、传承——只因对草原文化怀揣着深切的热爱。

2018年，内蒙古教育发展基金会授予他"内蒙古草原文化传承之星"称号；而乌兰毛都草原的乌兰伊德技艺，早在2015年就被列入第五批内蒙古自治区非物质文化遗产代表性项目名录。那仁朝格图把这门技艺传给了儿子，也传给了其他喜爱红食文化的孩子。他努力留存那些遥远的儿时记忆，哪怕只是片段——因为那里面藏着古老札萨克图旗的印记，更藏着奶奶的影子。

永远的奶香

回　归

"到了，到了！"车上的人喊道。远远望去，草原上已汇聚了不少人。

这是回归岁月、回归生命、回归自然的一天。

连绵几日的雨后，天空迎来澄澈的晴日，湛蓝如洗，不见一丝云影。金色阳光洒满大地，被雨水滋润过的草原水灵灵的，泛着锦缎般的绿色光泽。我和同事道别后，急忙下车奔向比赛现场。清爽的风裹挟着青草的芳香涌入肺腑，胸腔里仿佛流动着绿色的空气——通透舒爽，清心润肺，整个身体像喝下一盏清新的茉莉花茶，满是惬意。

一场传统奶食品大赛正在草原上举行，人们可以现场观看传统奶食品的制作过程。红色的大横幅上写着"满族屯满族乡2024年传统奶食品大赛"，横幅的前面，参赛选手们穿着艳丽的蒙古袍，早已开始制作。

尽管我多次来过牧区，对奶食品也情有独钟，但在草原上现场观看奶食品制作，还是头一回。每组参赛选手都是两人搭档：有的是一男一女，想来或许是夫妇，或许是兄妹；有的是两位女士，也许是姐妹，也许是姑嫂，又或是邻居、朋友。比赛规则要求，选手需在三小时内制作出奶豆腐、黄油、油渣和两种口味的奶糖，他们显然都事先做足了准备。

每组选手面前都摆着一张长条桌，他们在烈日下有条不紊地操作着。我拎着相机加快脚步，想凑近参赛选手，一睹他们的制作过程。

他们操作的桌子周围，摆着大大小小的白色塑料桶，里面装着鲜牛奶、清水、乌日莫，还有各式勺、碗、碟、模具等工具；桌面上则放着在家做好的黄油、奶豆腐等奶食品以及液化气炊具。

我从头到尾看了每个小组：每组选手都围着炉具忙碌，炉具上跳动着丝丝蓝红色的微弱火焰，锅里的牛奶一面承受着头顶骄阳的炙烤，一面经受着锅底火焰的灼烧，偶尔发出"吱吱"的轻响。选手们头顶烈日、面对明火，个个脸颊通红，额头和脸颊都沁着汗珠，却全然不顾——无论是手持刀铲的操作者，还是一旁协助的人，都目不斜视，注意力全在锅里。

三组男女搭档的队伍，多是女士主操、男士配合；最边上一组是几位十七八岁的姑娘，边聊边做，动作略显生涩，旁边有摄像机专门对准她们——原来她们是《燃烧的月亮》剧组人员。再往里，一位穿绿花改良款蒙古袍的女士正翻动热锅里熬制的食材，她看着文静，大檐遮阳帽下，一双黑亮的大眼睛专注地望着锅内，清澈得像晴朗的天空。她面前摆着在家做好的奶酪、奶豆腐和黄油，最上面一块奶豆腐金黄金黄的，阳光下渗出油星，闪烁着晶亮的光，格外诱人。

这里的牧民对奶食品向来尊崇：每逢盛大节日或祭祀活动，总会高高扬起一勺勺洁白的乳汁祭拜"长生天"；家中有客人来访，也定会摆出丰盛的奶食品以示尊敬。将乳汁制成奶皮子、奶豆腐，颇费工夫——需有耐心，更需懂技术：火候拿捏得正好，成品颜色才鲜亮、品质才上乘，吃起来也才有嚼头。

当地牧民称奶食品为"查干伊德"（白食），这是蒙古族世代相传的美食，许多文字都曾记载过它：著名蒙古族诗人萨都剌在《上京杂韵》中写道"牛羊漫散落日下，野草生香乳酪甜"，意大利旅行家马可·波罗也在游记中描述过元代蒙古族士兵食用奶食品的情景。

在乌兰毛都草原，"查干伊德"同样深受蒙古族群众喜爱，其制作技艺被完好传承至今。2014年，"查干伊德制作技艺"被列入自治区非物质文化遗产项目名录。

乌兰毛都草原上的人们格外崇尚白色——在他们心中，白色象征吉祥与财富，是高贵、圣洁的颜色，因此将白色的奶食品视作圣洁之物。除了日常食用，奶食品还用于祭祀、招待宾客及馈赠亲友。

这些奶食品皆源于牲畜的乳汁，当地以食用牛、马、羊的乳汁为主，其中牛奶用途最广，马奶多用来酿制马奶酒，羊奶则较少使用。仅用牛奶，牧民便能制作出白油、黄油、奶皮子、奶豆腐、奶酪、奶果子、奶茶、酸奶、奶酒等20多个品种的美食与饮品。

越走近草原、走近牧民，越能发现他们的智慧——他们总能将自然之物、生产之物利用到极致。牛奶是极易酸败、难以储存的液体：天热时，几小时就会发酵变酸；即便冬天放在阴冷处，过一天也会变味。但智慧的牧民通过熬制、发酵等工艺，将鲜奶转化为可长期存放的固态或液态奶食，最常见的有乌日莫、奶酪、奶豆腐、奶皮子、黄油等。

鲜奶的"变身"充满巧思：将鲜奶装入容器，在20℃左右的环境中敞口放置，无须任何添加，便能自然发酵成酸奶。七八个小时后，凝固的酸奶表面会浮起一层脂肪，这便是生奶油"乌日莫"，堪称奶食品中的上品，常用来拌炒米或米饭。往乌日莫里加些糖，再拌入炒米，黏稠的乳白色会渐渐变成泛黄的粥样，金黄的炒米裹在其中，瞬间勾起食欲。舀一勺入口，酸甜的奶香先在舌尖萦绕，细细咀嚼时，炒米的焦香慢慢融入奶香，余味绵长；咽下后，胃肠仿佛被唤醒，舒畅顺滑，柔糯感漫遍全身，继而精神也为之一振。

这只是牛奶的第一次"变身"。取走乌日莫后，可将其进一步熬制成黄油和黄油渣；下面的奶汁能用来熬制奶豆腐，或继续发酵制成酸奶干、奶酒。若将鲜牛奶直接熬煮，表面会结出一层奶皮，揭去奶皮后，下面的熟奶经发酵熬制可做奶酪；若加黄油再熬，则能制成炼乳。此外，鲜奶直接搅拌发酵可做成艾日格、策格（奶酒）等。

牧民多在春夏季节制作奶豆腐，晾晒后储存起来，使其成为凝固的乳汁。游牧或远行时带在身上，饿了便拿出一块慢慢咀嚼，奶豆腐会渐渐释放能量，既能解饥抗饿，又能抵御寒冷。

不同的制作技艺能产出不同种类的奶食品，有趣的是，即便是同一种类，不同人做出来的也各有特点。

今天，我将见证牛奶在无数次实践中演变为各种奶食品的过程；见证牧人走出封闭的房间，回到原生态的草原，用传统方式制作一次奶食品；并和他们一同感受回归自然、重返古老游牧时光的美好。

火　候

比赛正火热进行，各组选手制作奶食品的程序各不相同：有的在锅里熬制奶豆腐，有的在熬黄油，有的在做奶糖。做奶糖的原料也不一样，有的用乌日莫，有的用奶汁。每组都有选手拿着勺子在锅里不停翻搅。

忽然，我注意到"满族屯满族乡2024年传统奶食品大赛"的横幅后面，一个男人支着一口铁炉，炉上的锅里正熬着什么。我好奇地走过去，只见他穿一件湖蓝色蒙古袍，衣边镶着金黄色绲边，腰间缠一条黄绸带，头戴白色礼帽。走近了才看清，他黑红色的脸被阳光和高温烤成了深褐色，脸上挂着大颗汗珠，在光线下亮晶晶的。他透过墨镜上沿抬眼看了我一下，诙谐一笑算是打招呼，又连忙低头盯着锅里，手上的动作没停，一直搅动着。

"大家都在那边做，你咋来这儿了？"

他压低声音，狡黠一笑："这个火做出来的，比那个火好吃。"他指了指脚下的火炉，又指了指那边桌子上的液化气炉。铁锅下的炉子里，几根木头静静卧在锅底，偶尔有几颗火星迸溅出来。

"你这是在做啥？"

他指着锅里的液体："做黄油。"

"这是乌日莫？"

"嗯。"

"咋不是白色的？"

印象中乌日莫该是乳白色、软糯黏稠的，可此时锅里的液体竟是无色的，真神奇。

"熬的呗。"他指了指锅下的火。

"大概多久能做好？"

"得半个多小时。"

我便站在他身后，边看他操作边聊天。他那粗大的手缓慢地搅动、翻倒着锅里的乌日莫——大手看起来与细腻的乌日莫很不相称，可搅动得却异常匀速、轻盈，手动的频率与乌日莫翻滚的节奏完美契合，人与器具、与食材浑然一体。聊天时，他的眼睛几乎没离开过锅里的乌日莫，太阳毒辣，他不时用衣襟或手背抹一把脸上和脖颈上的汗。

说话间，锅里的乌日莫渐渐变成了黄色，像蒸熟的鸡蛋糕；接着，里面冒出丝丝缕缕的条状黄色固体，在金黄的液体里游动。真神奇啊！居然从液体里熬出了固体——那该是牛奶的结晶吧！

"你在家经常做奶食品吗？"

"咱是牧民，从小家里就做。"

"你是非遗代表性传承人吗？"

"我不是，她是，我媳妇。"他诙谐地朝横幅前桌子旁忙碌的妻子抬了抬下巴。

"她叫啥名字？"

"乂乐乎。"

他妻子听见动静，转过身问："啊？"像是在问他有什么事。

"乂乐乎？"这名字怎么这么耳熟？我突然想起去年想采访她，打了好几次电话都没打通。

"哦，想起来了！非遗代表性传承人名录里有这个名字，我去年写文史资料时联系过，要么没人接，要么打不通。"

"是，我媳妇从不轻易接陌生人电话。"他风趣地瞟了妻子一眼。义乐乎先是又"啊"了一声，随即"噢"了一下，淡淡一笑，斜睨了丈夫一眼，转过身继续翻搅锅里的食材。看来对丈夫这种半夸半调侃的话早已习惯，满不在乎。我被这对夫妇的风趣与默契逗笑了。

"你家做的奶食品，都是自己吃吗？"

"卖！"

"卖得好？"

"嗯，买的人不少。"

"看来你也是常做的。你觉得做奶食品最关键的是啥？"

"火候！"他把锅底的木头往里面轻轻踢了踢，又从墨镜上沿抬眼看我，神秘地说。

说话间，锅里那黄色固体"鸡蛋糕"变得更小了，固体与黄色液体渐渐分离，液体成了晶亮的红黄色，在阳光下闪着金红色的光晕。

"还有多久能熬好？"

"快了。你看，用这火熬就不糊。"他又一次强调火候的重要性。

"真是厉害。"我由衷赞叹。

"这就是火候掌握得好！"他为自己精准的把控颇感得意。而我，正亲眼见证着牛奶在火候的魔法下完成蜕变。

好奇心驱使我想去看看其他组的进展，于是转身回到横幅前。别说，还真有小组把黄油熬煳了——黄油成了深褐色，油渣也呈黑褐色；有的组熬得轻，黄油是浅黄的；还有一组正在把熬好的黄油和油渣装瓶，边装边用筷子挑出煳掉的油渣。

绕了一圈，我忍不住又回到他这儿。此时，他油锅里的黄油晶莹剔透，像块金黄色的琥珀，泛着油汪汪的金光，还飘着淡淡的奶油香，油渣也变得更小了。

奶豆腐

奶皮子

夹心奶酪

奶皮锅巴

烤奶酪

熬制中的黄油

"马上好喽！"他带着成就感说道，顺便朝妻子那边瞥了一眼。

那边，义乐乎正把锅里的奶液倒进模具。洁白的乳汁先变成奶白色的黏稠液体，倒入模具后，待其凝固，就会成为一块有型且带着漂亮图案的奶豆腐。

真是让人拭目以待。

机　缘

最前排制作奶食品的选手中，有一对夫妇格外惹眼：妻子穿一件绣着花朵的粉色蒙古袍，头上扎着翠绿色丝巾；丈夫穿一件白色改良半身蒙古袍。两人动作麻利，一看便知是做奶食品的老手。我走上前时，他们正用纸壳围着锅——怕草屑落入，锅里的乌日莫已熬得黄澄澄的。一打听才知道，妻子也是非物质文化遗产项目"查干伊德"的代表性传承人。她指着不远处《燃烧的月亮》剧组的几个姑娘说："她们做奶食品，还是我教的呢。"

她的丈夫赶上了游牧年代的尾巴，曾游牧过两年。这无疑是个地地道道的牧民之家。我好奇地问起游牧时吃什么，他说："就吃米面，没蔬菜。野韭菜长出来就吃野韭菜，还吃一种叫'哈喇海'的野菜，雨后草原上长了蘑菇就采来吃。"

我说："现在人总说缺钙缺维生素，你们那时吃得简单，倒不缺这些。"

他笑了："奶食品是牛奶做的呀。牛在草原上吃各种鲜草，啥样的都有，有的还是珍贵的中草药。牛不缺钙、不缺维生素，牛奶里就啥都有，我们吃了这样的奶食品，自然啥也不缺。"

想来真是如此。"追根溯源"这词，如今常在农牧业中被提起，可我站在草原上，竟愚笨地问出那样的问题。乌兰毛都草原上，牛羊吃的都是自然生长的草——这里有82科560种野生植物，其中不乏不知名的中草药，还有多处山泉清流。当地人常自豪地说："我们的牛羊吃的是中草药，喝的是矿泉水。"这话千真万确，绝非虚言。

这里的草与水，日复一日、年复一年地接收太阳的恩泽、大自然的馈赠，与天地相融、与自然共生。它们吸收了天地灵韵、日月光华、自然精髓，所以草里营养充沛、能量十足；吃了这样的草，牛便营养均衡、活力满满；牛产的牛奶，自然也汇聚了所有精华；而吃了这些奶食品的人，也就浑身是劲、康健自在了。

我又走向那位戴粉色遮阳帽、穿绿花改良蒙古袍的女子——她桌上那块黄澄澄的奶豆腐始终让我念念不忘，那该是奶豆腐中的极品。此时她正忙着做奶豆腐，锅里热气腾腾，她的脸被熏得红扑扑的，是那种白里透红的娇嫩。阳光下，那块黄澄澄的奶豆腐溢出金黄的油光，像一块不含杂质的黄蜡石，闪烁着温润的光泽。

"你这块奶豆腐卖吗？我想给我女儿买。"我轻声问。

她微微含笑，弯弯的眼睛里也藏着笑意，用略显笨拙的汉语说："就这一块了，不卖了。"说完便羞赧地低下头，继续翻动锅里的奶豆腐。

我仍不想放弃，望着那块金黄的奶豆腐又鼓起勇气："你总做，这块就卖给我吧？"

她还是笑着摇头："下面的可以，这个不行。"

下面的奶豆腐没有金黄光泽，看着不够讨喜，密度也差些，一眼就知不够筋道。这时，乡里的一位女干部和几位群众走了过来，听到我们的对话，女干部也帮忙说情："就卖给她吧，她给姑娘买，你再做就是了。"

她有些难为情地笑了："我儿子也最爱吃这样的，有时候想做都做不出来呢。"

哦，原来做奶豆腐就像工匠造物，不是每次都能出极品。即便做法相同，不同人做的千差万别，同一个人每次做的也不尽相同。看来，不仅买奶豆腐是场机缘，做奶豆腐本身也是一场机缘啊！我便不再强求——她做出这样的好东西本就不易，还要留给自己的儿子。我的姑娘是孩子，人家的儿子也是孩子呀。

这时，她又看了我一眼，许是被我的执着打动，又或是不忍见我恋恋不舍的模样，最终还是把那块奶豆腐卖给了我。

三个小时转瞬即逝，激动人心的评奖时刻到了。参赛选手退到后场，评委们走到各组前逐一品鉴。最终，义乐乎夫妇做的奶食品凭黄油颜色纯正、奶豆腐口感香甜且筋道十足，摘得一等奖。大家立刻围拢过去品尝，义乐乎高兴地又切开一块让众人分享——那奶豆腐柔润萦香，弹性十足，正应了那句流行词"Q弹"，轻轻一压便能迅速弹起。她的丈夫站在后面，淡定地笑着，既像享受胜利荣光的将军，又像看热闹的局外人。我刚想调侃他"火候果然拿捏得好"，他已转身去收拾熬黄油的炉具了。

"Q弹"的奶豆腐总在脑海里打转，我又想起"机缘"二字。人生许多事，何尝不是机缘巧合？一场比赛、一次竞选、事业的成败，乃至恋爱、婚姻、友情，甚至谁是谁的父母、谁是谁的儿女，谁会在人生某段路遇见谁，都非人力能完全掌控。或许某个节点，天时、地利、人和齐聚，事便成了；或许某个瞬间，意外的机缘出现，事情逆转，不可能也成了可能。

一切，真的要凭机缘。

传　承

来乌兰毛都草原做客，主人总会端出乌日莫、奶酪、奶豆腐、奶皮子、奶茶……这些美味总能轻易俘获我的味蕾。望着晶莹剔透、奶油欲滴的奶酪，望着洁白如玉、香嫩糯软的奶豆腐，我总忍不住生出时光穿梭之感——仿佛看见遥远岁月里，草原上更早的牧民在烈日下熬制奶食品的模样。

他们是如何发明出这么多奶制品做法的？一定是经过了无数次尝试吧？他们是否也曾为新鲜牛奶变质而无奈？是否在无数次探索后，为成功留住奶香而雀跃？我始终相信，所有厚重的传承，都是岁月的积淀。正是经历了如岁月般漫长的积累，叠加了一代又一代人的经验，才有了今天多样、耐储且美味的奶食品传承。每一款奶食品里，都藏着岁月的光泽，浸润着世代牧民的智慧与坚韧。

如今，奶食品有了新的创意与品种：带果干的奶酪、奶锅巴、烤奶皮、纯手工奶糖……制作技术愈发先进，工具也在更新——机械生产渐渐代替手工，电力取代了天然柴火。"查干伊德"传承人胡拉乌苏的奶制品，甚至能跟着旅客坐飞机、乘火车，游历全国各地。

胡拉乌苏是旗级非物质文化遗产项目"查干伊德"的代表性传承人。他与爱人朝鲁门均出生于乌兰毛都草原桃合木苏木照日格图嘎查，是一对"90后"夫妻。大学毕业后，胡拉乌苏曾担任翻译，朝鲁门则在旗里的医院工作。按理说，两人已有稳定工作，安稳度日便好，可儿时奶食品的味道始终萦绕在他们心头——那份独特的、带着悠长奶香的滋味，让他们对家乡的奶食品情有独钟，也萌生出传承传统奶食品制作技艺的念头。

于是，两人先后辞掉工作，从2020年起专注于传统奶食品制作。他们深入调研了传统奶食品的制作技艺、产品形态及销售现状，发现存在不少局限：传统理念里的奶食品多是大块奶豆腐、乌日莫、黄油、奶皮子等常见品种，不仅不易长期保存，需依赖冷冻设施，增加了销售成本，也难以适应现代社会的快捷生活方式，更满足不了年轻群体对口味的新需求。

为此，夫妇俩开始在传统工艺基础上创新，开发更贴合社会需求的奶食品品种。起初，他们从经营小作坊起步探索，半年后为产品注册了"白音桃合木奶食品"商标。2023年，他们将加工作坊搬迁至科右前旗奶食品产业园，注册"兴安印象奶食品"标识；同年，产品通过食品生产安全许可证（SC）认证；2024年1月，他们又牵头组建科右前旗传统奶制品行业协会，带领全旗30家奶食品合作社共同发展。

他们坚持用传统技艺制作奶食品，全程无添加剂，自然发酵，保证口感纯正。经过长期摸索，成功克服了传统奶食品口味单一、品种少、不易存储携带的弊端，研发出20多种口感香甜、质地柔软、便于携带且更具零食属性的新产品：比如加入葡萄干等果脯的奶酪千层，把奶皮制成奶锅巴、烤奶皮，还有纯手工奶糖；更有贴心设计的便携奶茶包——每袋里包含小包装的奶酪、奶豆腐、茶叶、奶皮子、黄油、炒米，拆开后用开水一冲，就能喝到鲜美纯正的奶茶。

这些创新产品品种多样、口味丰富，满足了不同群体的需求，备受市场青睐，远销全国各地。著名主持人敬一丹也曾做客他们的直播间，品尝并推荐这些充满草原风味的奶食品。

印 记

奶豆腐或许是最常见的奶制品，不仅味道香甜，更有各种形状与图案——精致得常常让人舍不得下口。常见的形状有长方形、正方形、椭圆形、五边形等；图案则充满草原风情，有可爱的小羊、温顺的小鹿、游动的鱼、飞翔的鸟、绽放的鲜花，还有各式吉祥纹样。这些淳朴自然、生动可爱的图案，总能轻易将人带入草原意境：仿佛看见漫步的牛羊、驰骋的骏马，想起赶着勒勒车的游牧生活。

这些丰富的形状与图案，都来自不同的模具。制作奶豆腐时，先将酸奶熬煮成黏稠状，再倒进预先准备好的模具，待冷却凝固后倒出，奶豆腐上便印上了模具里的美丽图案。

制作奶豆腐的模具

模具多是无盖的木制盒子。细细观察便会发现，它们不仅是制作工具，更承载着草原的风土人情与牧民的审美情趣，是时代的缩影，映照着不同年代的生活与思想。

我曾在胡拉乌苏的公司展厅里，见过一排当地牧民在不同时期使用的奶豆腐模具，每一件都带着鲜明的时代印记，从20世纪60年代、70年代、80年代、90年代，一直延续到21世纪。

比如一个1952年的模具，是在长方形木头上刻制的三连纹样：左边一个四周环绕吉祥图案，中间是四片绿叶簇拥的杏花；中间的嵌套着大吉祥纹；右边的四周是锯齿般的圆形图案，中间同样刻有吉祥纹。图案里满是蒙古族牧民的生活习俗与文化元素，连自然景物也被融入其中，古朴而鲜活。

127

　　一组20世纪60年代的模具像两个木铲，长椭圆形的"铲面"上方有可握的把柄，方便制作时抓取。一个铲面是花瓣状的四边形，下方刻着"吉庆有余"四个字；另一个是五瓣花形状，下面刻着寿桃，桃上有大大的"福"字，字下还有三朵连缀的花。与50年代的模具相比，图案更丰富，也被赋予了更多吉祥寓意。

　　20世纪70年代的正方形模具，是那个激情燃烧年代的生动注脚。底部中央的五角星棱角分明，立体感十足，上端的抽象齿轮代表工人阶级，下端饱满的麦穗象征农民群体，左右三条短横线或许寓意着知识分子——三者汇聚，恰是"工农兵"携手建设社会主义的时代图景。每一道刻痕都透着坚毅，仿佛能听见当年制作者怀着"艰苦奋斗建祖国"的热忱，一凿一凿打磨时的专注。

　　进入20世纪80年代，改革开放的春风吹遍草原，模具上的图案也染上了生活的温度。圆形模具里，一个憨态可掬的"喜"字占据中心，笨拙却热烈，两侧简笔画的游鱼灵动鲜活，将"喜庆吉祥"与

传统奶制品

"年年有余"的期盼巧妙融合。这是人们对好日子的直白向往：党的十一届三中全会后，开放的时代让生活有了奔头，制作者把对未来的憧憬凝于刻刀，每一笔都带着笑意，每一刀都藏着希冀。

到了1995年，模具的笔触更添飞扬的神采。两匹骏马腾空而起，鬃毛与四蹄都透着力量，旁边的党旗鲜红似火，周围环绕的图案像跳动的音符，又似飞天的飘带——既有传统文化的飘逸，又有新时代的昂扬。这是改革开放深化后，牧民对幸福生活的具象化表达：日子越过越红火，对未来的畅想也愈发炽热，刻刀下的每一处弧度，都藏着一颗飞扬的心。

而2012年的一枚模具上，刻着两眼圆瞪的卡通小熊与支棱着耳朵、笑嘻嘻的卡通小兔子，灵动活泼，憨态可掬。所以，模具从来不是简单的工具。它是草原的记录者，是时光的印记，是牧民生活的剪影，更是草原变迁的见证。模具沉默无言，却将那缕绵长的奶香，永远镌刻在岁月里。

三个多小时的比赛，如时光长河中的一朵涟漪，在辽阔草原的怀抱里、在青翠群山的环绕中静静漾开。从远古飘来的奶香，在此被记录、被颂扬，更被一代代人接续传承。

抬头望向远方，连绵的高山宛如一位慈眉善目的老人，含笑凝视着草原，凝视着草原上的孩子们。若高山有灵，此刻心中定满是喜悦与欣慰——欣慰于草原上最自然、最纯粹的味道，那缕从远古飘荡至今，如今已飘香大江南北的奶香，正永远流传。

疾驰的魂灵

"在乌兰毛都草原，做牛做马都是幸福的。"

乌兰毛都草原的夏天，牛羊总带着一股子悠闲自得。它们或是在山坡上悠然啃草——青草多得吃不完，急什么呢；或是趴在草丛里，东张张西望望，再瞅瞅蓝天白云与明晃晃的太阳，那份惬意，全然是在享受。你看它们抬头的样子，似抬非抬，带着几分慵懒；转脖子时，先慢慢伸出去，再轻轻转一圈，动作轻柔得像医生把脉。连太阳都像被感染了，也跟着慢慢转动。路上遇到车和人，它们从不慌张，更不"社恐"，压根不在意人的存在：有的羊抬头瞅一眼，有的牛往车里探探头，却始终不急不躁，一派安然。马算是里头最调皮的，三五成群地觅食、玩耍，不缚缰绳，在草原上任意驰骋。管它来了谁、谁在观望，只顾自潇洒。

诗人王计兵道出了许多到访者的感受："在乌兰毛都草原，做牛做马都是幸福的。"这话虽带调侃，可这里的牛马哪里是"做牛做马"啊！草原本就是它们的家园，马牛羊才是草原的主人、草原的孩子。而马，更是公认的翘楚——或许是它疾驰的速度，或许是它的翩翩风度，或许是它的聪慧机敏，又或许是它的忠诚善良，或是那份高贵灵魂，赢得了人们的倾心。无论因由何在，有一点毋庸置疑：马是草原的娇宠，是草原上疾驰的风景。

驭马乘风

那达慕大会上，最震撼人心的莫过于疾驰的骏马。

那天早晨从河边返回，吃过早饭，我便匆匆赶往会场。开幕式即将开始，观礼台上早已坐满当地群众与外地游客。当勒勒车、花车与各乡镇代表队从东向西依次走过观礼台后，人群忽然面朝东方欢呼——只见一排装束利落的骑手端坐马上，马匹时而前后踱几步，时而发出"咴咴"嘶鸣与"嗒嗒"蹄声；骑手勒紧缰绳，腰板挺得笔直，目视前方。他们头扎束额带，身着改良版紧袖蒙古袍上衣与马裤，脚蹬马靴；女孩们梳着漂亮的辫子，戴着雪白绒帽，一身粉色紧身衣裤，格外亮眼。骑手们个个英姿飒爽，威风凛凛。

为了近距离拍摄，我特意挤到跑道护栏旁，等候捕捉他们疾驰的瞬间。一声令下，一列马队骤然冲出——四匹骏马由女子驾驭，如四只粉色蝴蝶从我眼前掠过，马蹄声急切而有力，带起跑道内的沙土，掀起一股强劲的风。马在狂奔，女子们撒开缰绳，伸开双手翻立于马背，又横卧、侧卧，仿佛马背不是坐骑，而是旋转舞动的舞台。那飒爽英姿，引得游客阵阵惊叹欢呼！紧接着，又一列马队踏蹄而来。四个俊朗健硕的男子如草原雄鹰般飞驰，疾驰中或双腿笔直立于马背，或翻身倒立于马身，或俯身贴于马肚旁，再跃下马背与马同奔，转瞬又飞身上马，整套动作行云流水，潇洒至极！

赞叹声未歇，一列男女混合马队已乘风而至。女子骑马飞驰时将蓝色绸带掷于地上，后面的男子则在疾驰中弯腰拾起——这个动作极考验人马配合与敏捷度，既要驾驭马匹，又要精准判别落点。其中一位男孩，身穿红色镶鹅黄绿色丝绦边的上衣，头戴红额带，骑着栗白相间的骏马，上马下马轻盈自如，拾起的绸带也最多。当他高举湛蓝绸带的瞬间，红衫、蓝带与草原的绿意交相辉映，活脱脱一位鲜衣怒马的绝尘少年，想必在场的少女们，定会有人为他的英武倾心吧？

惊叹声中，又一列男女混合马队驶来，马术愈发高超：奔跑中，女子弃马瞬间跃上同伴的马背，二人同乘一马后，男子将女子高高举起；还有两个男子并驾齐驱时，另一人跳上他们的马背，被二人合力托举……此刻，你会忽然懂了什么是驾驭，什么是疾驰——那是马的风采，是人的骁勇，是奔跑者的昂扬，是征服者的豪情。

人们还未从无数精彩瞬间中回过神，又一群白马从东方奔来，黄沙腾起处，如白色巨浪翻涌。它们昂首挺胸，迎风疾驰，鬃毛招展如风飘逸；四蹄飞扬踏响大地，似在追风逐日，勇往无前……任何词语都难以形容这份英姿、气势与壮观。当人们还在为这份震撼啧啧称奇时，白马已绝尘而去，只留下一阵黄烟。

我的视线追着马队，直到它们缩成一个个白点，才意犹未尽地转头。脑海里，疾驰的骏马已成一幅幅流动的画，忽然格外想看看它

们在草原上自由奔跑的模样——定是更潇洒、更雄浑。这个念头，后来终于有了实现的一天。

与一匹马相视

为了去草原看苏道家的马，我头天晚上就住进了乌兰敖都嘎查。第二天一早，坐上白大哥帮忙找的车，往苏道家赶去。

那天雨雾弥漫，草原显出别样的温柔。远山含黛，一圈圈、一层

层裹在雾霭里，山的边缘像条柔软的曲线，颜色从蓝渐变为蓝绿、浅绿。此时的草原，既有江南水乡的氤氲朦胧，又带着北方的辽阔苍茫。空气温润，阳光被薄雾滤得柔和，草原像罩了层淡绿色的轻纱。

途中路过一排蒙古包，旁边牌子写着"苏道牧场"——这是苏道家的牧家乐，兼做旅游景点，能为游客提供拍照、餐饮、骑马、射箭等服务。从牧家乐往前，便是苏道的住处。院子很大，前后两排房，还有两排牛舍。苏道是个"80后"，看着就很精干。我到的时候，他正和附近一位牧民忙着宰羊，苏道的爱人快人快语："今天他朋友要来，一早起来就忙活宰羊了。"

我一听有点急：那今天苏道还能陪我去草原看马吗？于是走到院子里，对着正往大铁锅里塞柴火的苏道问："你今天能匀点时间给我吗？"

"能啊，姐，你放心，等羊肉煮好咱就去。"

看样子一时半会儿走不了，我只好在院子里闲逛。院子东面有片空场，拴马桩上拴着两峰褐色骆驼和一匹白马。骆驼在地上卧着，白马面朝北站着。

"你还养骆驼？"乌兰毛都草原是山地草原，不太需要骆驼，我有些好奇。

"嗯呐，景点用的，"苏道应着，"去年买的。"想来是供游客骑行。

"这白马是你家原来的吧？"

"是。"

苏道家养了四十多匹马，都是当地的蒙古马，被他训练得服帖，让站就站，让卧就卧。

苏道往锅里添好水，放进羊肉，又往灶底添了柴。我凑过去跟他闲聊："你家的马在哪个草场放着呢？"

"就那儿。"他一边掀开锅盖用大勺翻着锅底的肉，一边用另一只手指向东面的山坡。顺着他指的方向望去，远远的山坡上，七八匹马正从山上往山下奔跑追赶。那一刻，我真想长出翅膀飞过去。估摸着走路的话，一上午未必能到山脚，只好作罢。

这时苏道接了个电话，开车出去了。我一心念着马，虽觉无聊，可主人确实有事，也不好打扰，只能自己打发时间。

既然暂时上不了山，就看看眼前这匹白马吧。它仍一动不动地站着，我慢慢走过去。马个子不高，鬃毛很长，前额的鬃毛遮了眼睛。走到它身边时，它抬头看了我一眼——这是我生平第一次与马如此近距离相视。蒙古族作家兴安说过，马的眼睛最接近人眼：羊眼太含混，牛眼太呆滞，骆驼眼太缥缈。而我从这匹马眼里看到的，是平静与柔和。它看了我一眼，便转过头去，依旧面朝北方站着，全然无视我的存在。马周围连一根草都没有，它就那么站着，对旁边卧着的骆驼也毫不在意。或许是看久了，便懒得关注了？既然它不搭理我，站着也累，我又回到屋前的凳子上坐下，等着苏道。

见我回来，苏道的妻子说："这匹马可仁义了。"

"啥时候从山上牵回来的？"

"今天早晨刚找回来的。"这片草原上的马就是这样，没事时在草原上随意奔跑，有事了才临时找回来。

我坐在凳子上望向白马，它依旧一动不动地站着。苏道开车回来后，我忍不住问："这马咋不喂草呢？"

"昨晚在山上吃饱了。"

"它就这么站着，咋不趴下歇会儿？"

"马睡觉也站着。"苏道补充道，"眯瞪一会儿就算睡过了。"

"真厉害啊！"我心里想，换作是我，没事干早趴下睡觉了。

我刚想问苏道啥时候有空带自己去山上看马，院里就开进一辆轿车。苏道热情上前迎接，看那架势，想必是他的朋友到了。没过　会儿，院子里又进来一辆越野车，车上下来两个小伙子和一个姑娘，都是20多岁的年轻人。一打听才知道，他们是从广东来草原玩的，在网上搜到苏道家的牧场，特意来体验骑马。苏道既要留意锅里羊肉的火候，又要招呼客人，实在分身乏术，这三位广东游客便由苏道的邻居接待。邻居把拴着的白马牵到有蒙古包的牧场那边，满足他们骑马的心愿。

　　我还是盼着苏道能在吃饭前带我去草原。可这时的苏道更忙了，除了盯着锅里的肉，还得准备吃饭的家伙事儿。为了让游客感受草原风情，他决定把吃的都搬到有蒙古包的景点那儿，和妻子里里外外地忙活起来。一看手机，已经11点多了，上午肯定去不成草原了，我便也跟着去了有蒙古包的景点。

　　到了蒙古包那儿，三位游客已经下马，个个满脸喜悦，看样子玩得很尽兴。蒙古包旁边有辆勒勒车，那匹白马这时被拴在勒勒车的辕辕上。勒勒车上竖着块白色牌子，上面用红漆写着"弘扬蒙古马精神"。客人们正围着牌子拍照留念。这会儿马的周围有草，可它还像在院子里那样，一动不动地朝北站着。我真佩服它的耐力，从早晨到现在一口草没吃，之前没草也就罢了，现在眼前有草还不吃，而且一直保持站立姿势，活像个经过严格训练、意志坚定的军人。

　　午宴开始了。席间还有几位南方来的客人，大家推杯换盏，十分热闹。看这情形，今天去草原看马的心愿怕是实现不了了，我又望向那匹白马，它依旧静静地站在那里，姿势都没变过。我看了它好一会儿，它才抬头一次，我们的目光再次相遇。我想，今天注定要和它对视了，那就走近些，好好看看它吧。我真想知道，它安静的外表下还藏着多少神奇。

　　我离开人群，走向那匹白马。走到它身边时，它抬眼看了我一下，大大的眼睛里仿佛盛着一汪水，我的影子映在它的瞳孔里。这次，它没像在院子里那样，看我一眼就若无其事地转过头、无视我的存在，目光多停留了一会儿，大概对我有了点印象。之后，它还是转过头，保持着之前的姿势，头朝北，一动不动地站着。

　　记得苏道的妻子说这匹马很"仁义"，我便大着胆子想和它再亲近些，把手慢慢伸向它的脖颈。它先是一惊，晃了晃头，挪了挪脚步，回头看了我一眼。大概再次确认是我后，又转过头，像从前那样站着。从它的眼神能看出，它默认了我的存在，我便得寸进尺地伸手抚摸它的脖颈，梳理它的鬃毛，心里想着：咱俩真是有缘啊，注定要在这草原上相遇对视。它没再回头，依旧一动不动地站着。这是我第一次触摸马的皮肤，真像书里写的那样，它的皮毛如锦缎般光滑，柔顺似水，只是这"锦缎"带着它的体温，暖暖的。它似乎很舒服，没再动一下，依旧静静地站着。我把它额前长长的鬃毛向后捋了捋，又和它的眼睛对视，这次，它的眼神更加平静，像两汪不起波澜的泉水。这清澈的眼神里，定然藏着对这片草原、这方天地深深的眷恋与无限的深情吧？

突然，一阵凉飕飕的风吹过来，我抬头一看，北面天空上，黑压压的云正往南涌，眼看就要下雨了。我赶紧跑向另一个没人的蒙古包，刚一进去，雨就哗哗地下了起来。这个蒙古包是新式的，有两扇大窗户，隔着窗户正好能看见那匹马。雨簌簌地落在草原上，也落在马身上。想着刚才抚摸马的脖颈时，它带给我的暖意还在心头，此刻绵密的雨打在它身上，肯定很凉吧？我再看向它，它还是一动不动，好像没感觉到冷，而且还是那个姿势：头朝着北方，迎着风雨站立着。我不禁想起了在院子里和苏道聊天时说的话。

"你都养的啥马？"

"当地蒙古马。"

"咋不养那种高高大大的马？"

"你不知道，咱们这本地蒙古马皮实。不用时就放山上，用的时候再找回来，不用单独添草料。"

"那冬天下雪，草都被雪盖上了，吃啥？"

"冬天也在山上随便跑，不用管。它们能刨开雪吃下面的草，可省事了。"

真是省心、省料、好伺候。夏天，马在草原上随意撒欢；冬天，照样奔跑在雪原上，根本不用棚圈，几天去看一次就行。想骑的时候，随时去草原上抓回来，就像眼前这匹白马。

"外地马得精心伺候，咱们这地方冷，那种马不禁冻，不行。"

"禁冻"，就是耐寒的意思。

蒙古包外，雨渐渐停了；蒙古包内，歌声四起，人们兴致正高。我看了眼手机，下午3点15分了。这匹马已经一上午加一中午没进食，却依旧一动不动地站着。

终于，歌声落下，几位客人从蒙古包里走出来。他们看到白马，被酒意点燃了纵马疾驰的欲望，纷纷围过去："来，骑一圈！"一个当地朋友解开缰绳牵过马，一位南方客人跨了上去。有人牵着马，骑马的人也不求快，只想体验一下、拍拍照，马便温顺地驮着他从北到南，又从南到北走了一圈。

接着，另一位当地客人接过马笼头，翻身上马，"驾驾"地催马奔跑。我原以为这匹白马温顺䐉腆，不会狂奔，谁知它猛地抬起四蹄，昂扬地跑了起来——姿势优雅又威风，四蹄有节奏地起落，马鬃跟着节奏飞扬，马背上的人也随之有节奏地起伏。一旁有人说："他骑过马，会骑。"这人嫌速度不够，继续"驾驾"催促，双腿不断磕向马肚子。马突然加速，前腿猛地抬起，那人紧紧攥住笼头，马却昂首一跃，顺势将他掀下背来。"哎哟！"众人惊呼，马却若无其事地抖抖头、甩甩脖子和鬃毛。我心想：真是匹蒙古马，血性还在。

人们扶起那位客人，见他没摔伤——草地松软，万幸。这时，马独自走到旁边吃起了草，像没事人一样。等人缓过劲来，几个跑过去想抓它拴起来，马却飞快地跑开了。直到苏道过来，才把它抓住，重新拴回勒勒车上。

马大概是刚才奔跑耗了体力，饿了，低头啃着身边的草。身边的草吃完了，稍远一点的因为戴着笼头够不着，便又站定了——依然是那个姿势，头朝北方，一动不动。经过刚才的奔跑，它的鬃毛更加散乱，像垂落的银色瀑布。单看此刻文静的站姿，谁也想不到它刚才飞奔的英姿。

我对它已不只是喜欢，一种敬意油然而生。它身后，"弘扬蒙古马精神"几个大字愈发鲜艳。

以马为生

今年的那达慕上，马不只是赛事主角。由于大会持续时间长，每日赛事分散，空余时间多，没有比赛时，当地牧民就牵来自家马招揽游客骑行。我去时大会已开了些日子，牧人们招揽生意的话术早已练得娴熟——我刚走近，就有人招呼："骑马吗？一圈60块，给牵着，这马可老实了！"

我的心思不在骑，只想近距离看看马。马的颜色多样：红棕、栗色、纯黑、雪白、枣红、黑褐，还有带花纹的白马，许是民歌里唱的花斑马？每匹马都打扮得光鲜：马背上备着绣花纹的马鞍，笼头系着彩带，有的额头还缀着镜片、宝石样的饰品。这些马大多温顺——招揽生意，自然是温顺的更讨喜。二十几匹马中，也有显见不乖顺的：站着时前后腿来回挪，耳朵动不动就竖起来，抬头四处张望。没客人时，所有马都挨着跑道栏杆，一匹挨一匹站着。

我来回走了几趟，发现马都不算高大，只有两匹黑马稍显魁梧。一个男孩站在马旁，我走过去问："这两匹是你的？"

"嗯。"

"你不大啊，没上学？"

"上高中，放暑假呢。"

"这两匹马个头大，不是蒙古马吧？"

"是，都是本地蒙古马。"

这两匹马确实健硕，皮毛油亮，脊背宽阔，马鬃顺滑，在蒙古马里算个头出众的。

"你几岁开始学骑马？"

"六七岁吧。"

"不怕？"

"不怕，喜欢。"

"好学吗?"

"不好学,得紧紧拽住缰绳。马刚驯的时候都是生骒子,跟野马似的。"

"那咋驯?"

"骑上去就不下来,死死拽住缰绳。马会拼命跑,想把人颠下去。"

"颠下去咋办?"

"再上,拽着缰绳跟它跑,一直跑到它没劲了,服了,以后才肯让人骑。"

原来骑马是个征服的过程。眼前这些温顺的马,都有过不服输、倔强的过往。

"驯马也有高手,我舅厉害,他的马还在那达慕上得过奖。"他指着右边一个戴褐色墨镜的黑瘦男子。

我走过去:"听说你是驯马高手?"

他狡黠一笑,镜片后透出几分骄傲:"马也分人,有的马在有的人手里就容易驯。"看来马还挑主人。

"好马有啥标准?"

"耳朵尖,聪明;后背宽,骑着稳;鼻孔大,还有这儿——"他指着马的前腿处,"胸口宽,肺活量大,能跑。"

"你的马今年比赛了吗?"

"没有,咱这是本地蒙古马,岁数大了,跑不动了。"

"咋不买高大的马?"

"那些大洋马腿长跑得快,可没耐力。长时间跑还得是蒙古马,能吃苦,有长劲。"

正说着,有人来骑马,他立刻牵马忙活去了。望着他的背影,我忽然有点怅然:草原上的精灵、疾驰的骏马,如今成了招揽生意的工具。蒙古马还像从前那样有灵性、有奔驰万里的耐力吗?草原上还会有层出不穷的好骑手吗?

没了聊天对象，我又去找那个高中生，却见他也被客人叫走了，只剩一匹马留在原地。

我走近它，它抬头瞥了我一眼，转头不理，静静站着。我跟它念叨："你同伴去拉客人了，就你留下啦。"它听到声音，又看了我一眼，还是转过头去。

牧民常说马最聪明、最通人性，警觉性极强，能辨远处危险。从前游牧时，野狼袭扰羊群，马会提前嘶鸣示警；遇其他危险，也能先知先觉。不知道这匹马听懂我的话没。

在采访非遗项目"蒙古族神话"传承人础古兰老人时，他给我讲了一段自己与马的往事。

老人曾有一匹爱马，无论放牧还是日常出行，他都骑着这匹马，几乎形影不离。多年前的一个冬天，天气异常寒冷，还刮起了白毛风——西北风卷着雪粒呼啸而过。他从牧点往聚居点赶，路过一道山梁时，不慎从马背上滑了下来，朝着马的侧前方摔去。那一瞬间，只要马抬起的蹄子落下来，正好会踩在他的胸口，后果不堪设想。可那匹马竟像通了人性一般，见主人摔倒，硬生生把抬起的马蹄挪向别处落下，然后静静地站在一旁，等他从马肚子底下爬出来，又耐心等着他重新上马，稳稳当当地把他驮回了家。

老人至今提起这事，仍对马的救命之恩念念不忘。我望着眼前的马，轻声问："现在的你们，也依然这么聪明、这么有灵性吗？"正想着，就见这匹黑鬃马头朝右侧抬起，大声嘶鸣了两声。我心里一惊，还以为是自己站得太近冒犯了它，转头一看，原来是它的同伴回来了。好家伙，它自始至终背对着跑道，压根没回过头，竟单凭听觉就辨出了同伴的动静。我伸手拍拍它的前额，由衷赞叹："你真行，不愧是匹蒙古马！"

"你看，你看……"人群里有人喊。我顺着声音望去，跑道外，一个戴蒙古族小圆帽、穿小皮靴的男孩正端坐在一匹健壮的大马背上，缓缓走来。

男孩坐得稳稳的，像坐在一座大山上。马一步一顿，节奏均匀，他随着马背的起伏轻轻摇晃，自在得像坐在平稳的车上。帽子后面的红绸带跟着马的步伐左右摆动，衬得他格外威风。远处来的游客纷纷举起手机拍照，男孩和马却泰然自若，像历经百战的将军，早就习惯了这样的目光。

他们慢慢走进跑道，在一匹驮着妇女的马旁停下——那妇女想来是男孩的母亲。母子俩不时用蒙古语说着什么，没过多久，孩子便显出几分无聊：一会儿正襟危坐，一会儿侧身斜跨，一会儿干脆仰身躺倒在马背上，甚至扭过身子把头抵在马背上四处张望……马背于他，就像家里的炕、床头的褥子，自在得毫无拘束。

我走过去问那位妇女："这孩子多大了?"

"7岁。"

"几岁开始学骑马的?"

"四五岁吧。"

多少孩子四五岁时还在父母怀里奶声奶气撒娇，眼前这个7岁的男孩，早已能驾驭高大的骏马。"传承"两个字猛地撞进脑海——无论现代文明多发达，机械化多普及，哪怕马成了招揽生意的工具，草原牧民对马的爱从未变：存马于心，以马为生，因马而荣。

我刚才的担忧实在多余了：草原上只要有好骑手，就永远有好骏马。不管世事如何变迁，草原的根还在，牧人的魂还系着这片土地。血性、血脉、坚韧、勇敢、英雄、耐力……这些词在心里翻腾。

草原永远是草原人的草原，草原的孩子永远是草原的孩子。马背，是他们的人生乐园，是梦想开始奔驰的地方，是生命最初的舞台。

风骏污白马

在乌兰毛都草原，那达慕、祭祀等活动中常有放生白马的习俗。白马以其洁白的毛色与高贵的气质，深得人们的喜爱。

白马是蒙古马的近亲品种，作为当地现存数量最多的古老优良马种，千百年来在科右前旗这片土地上繁衍生息。关于札萨克图人何时开始养殖札萨克图白马，虽无翔实可靠的文字记载，但从流传于札萨克图努图克（原为"分封地"之意，后演变为地方行政管理机构名称）的古老民间故事与传说中，仍能寻到许多它的踪迹。

20世纪二三十年代，札萨克图旗满族屯一带有位被称为"森普勒梅林"的白音（富户），他曾是伪满洲国时期"兴安南省三大白音"之一。因向旗札萨克捐赠了数量庞大的畜群，他被赐予"海拉梅林"的称号——"梅林"为清代官职名，"海拉梅林"意为开明、乐善好施的官员。他的马群规模庞大，计有数千匹，其中白马达一千余匹。试想，千余匹洁白的骏马驰骋于草原之上，如流动的白云、滚动的雪球、疾驰的白色精灵，那景象该是何等壮观！

每当提及札萨克图白马，当地牧民总会赞不绝口："白马俊俏，走起来稳当，机灵、忠诚，重情重义。"

至于白马何以能在这片草原繁衍生息，自治区级非物质文化遗产传承人、当地民俗专家那仁朝克图曾对其做过细致的田野调查。他深入经验丰富的牧民群体中采访问询、收集资料，经深入研究得出结论：札萨克图白马被称为"山区马"，早已在生产生活中适应了科右前旗的山地草原环境。

当地地处索岳尔济宝格达山地区，属温带林区，多丘陵草原地带，因此洮儿河、归流河流域的传统游牧以放养牛、马为主。与其他品种相比，札萨克图白马因长期生活于此，不仅适应了当地的寒冷气候，且寿命较长，能活到30多岁。它们一年四季逐草而生，属于适宜粗放饲养的马种，牧马人放牧时省心省力，久而久之，这里的牧民便形成了养马的传统。

在生存能力上，札萨克图白马也形成了自身优势：能很好地适应山区环境，跋山涉水如履平地。总之，凭借极强的地域环境适应能力，札萨克图白马在长期的繁衍进化过程中，形成了独有的个性特征。

具体而言，札萨克图白马有以下几个特点：

一是体形小。当地属林区，草场地处山谷与山间平川，其他品种的高大马匹不适应陡峭多山的地形，而体形小的札萨克图白马更适应当地环境。

二是蹄质坚硬。当地多山路，唯有蹄质坚硬的马匹能适应恶劣路况。札萨克图白马的蹄质抗磨损性强，行动敏捷灵活。

三是有青褐色瞳孔。这是最突出的特征。青瞳马听觉灵敏，性情悍烈好动，比其他品种更机警，且视力上佳，是赶夜路时的可靠坐骑。牧民们将机敏迅捷的马形象地称为"狼耳星目"。

四是腰背平直且短。这让札萨克图白马不易失蹄。有句老话形容札萨克图走马"前蹄比耳朵还灵敏"，夸张而形象地体现了其身体平衡性、四蹄适应性与奔跑时的全身协调性。

五是头颅小，马尾浓密。据驯马好手讲，头颅小是好马的标志，粗短的脖子更适应山路；浓密的尾巴兼具平衡与御寒功能。

六是食量少、耐粗饲、抗严寒。这与当地恶劣的生存环境、寒冷的气候密切相关。札萨克图白马长期生活在山高、林密、高寒的大兴安岭山脉，身体器官与消化系统已渐渐适应了当地的自然条件。

白马是乌兰毛都草原的娇宠。从20世纪二三十年代至今，无论是过去的牧主还是如今的牧民，都爱养白马——多则上千匹，少则几十匹。因此，草原上流传着许多白马的故事，其中最令人动容与震撼的，是污白马的故事，它让我们见证了灵魂的高贵。

20世纪40年代，乌兰毛都草原上一位叫道德宝的大牧主，拥有200多匹札萨克图白马。这些白马每天在草原上自由奔驰、在密林间追逐，如白色花朵绽放在绿水青山间；渴了便到图布台河边饮水，美丽的倩影可与水中云影媲美。它们自由浪漫、洒脱无羁，其中有一匹白色纯种骏马被称为"污白快马"。

当年，诺门罕战争进入尾声，苏军在追赶日本关东军途中经过乌兰毛都草原，见一位牧人骑着骏马疾驰而过——那正是污白马。它银色的身躯如白色锦缎般滑顺闪光，头颅昂扬，身影矫健，气宇轩昂，潇洒英俊，明眼人都看得出是匹神骏。苏联士兵当即看中，不由分说将其抢夺而去。失去这匹人人称羡的好马，道德宝牧主悲痛万分。

然而，谁也没想到，两年后，这匹污白马竟出现在主人面前，还从异国他乡领回一群马，回到了生养它的家园。那该是何等激动人心的重逢！道德宝见到它时，定是热泪盈眶；污白马见到主人时，也定是激动难言——一人一马，想必相拥而泣。700多个日夜，主人思念着骏马，骏马也一刻不停地思念家乡与主人。它是如何记住归途的？经历了多少次逃脱才成功？怎样躲过苏联士兵的控制、穿越边境线回到家乡？其间的种种细节已无从知晓，但可以想见，它定是历经千难万险才重返草原。我们只能想象：一匹青灰色骏马带着一群马，疾速跨过宽河、翻越高山、飞跃草海，在崇山峻岭间飞奔的身影……不，那是疾驰的魂灵。

札萨克图白马

　　污白马的故事并未结束。1954年，内蒙古自治区首府从张家口迁至呼和浩特，随后在呼和浩特召开了盛大的那达慕大会。道德宝被评为自治区"劳动模范"，代表科尔沁右翼前旗，带着污白马乘火车参会。在此次大会的30里快马赛中，污白马一鸣惊人，夺得头筹，扬名呼和浩特。据当时的参与者回忆，彼时人民代表每天的伙食补助为16元，而污白马的草料补助也被追加到每天16元。

　　据说，污白马是快马中的翘楚、蒙古马中的骄傲，因此被称为"风骏污白马"。

宁山静水

浩崩山，山顶有火盆
辉勒合，玉皇大帝钦点牧场
黑羊山，雅玛图山神救人于蛇口……
哈日根台扎拉嘎，康熙皇帝赐名

一群人伸手指指点点
山脚下一片喧哗
大山不动声色
凝视人间

是啊，大山见得多了
见过风霜雨雪
见过阴晴圆缺
见过皇恩浩荡
见过悲喜冷暖

我立刻紧紧
捂住
我的嘴

147

山水相依，是一场心灵的默契。

溯源，与其说是对事物的神秘探寻，不如说是内心对根的寻找。似乎只有这样，一切才是完整的。

姿态、相貌、神情，是人内心精神世界的一种外在显现与传达；对于看似凝固的山而言，亦是如此。

也许是冥冥中的一种预示，注定我要溯河而上，去寻找我的远方。

家乡屯子北面有一条河，像家乡的土地一样，有着朴实而土气的名字——北壕沟。名副其实，在儿时的我眼中，它就是一条深深的水沟。夏日的北壕沟常是沟满壕平，不知为何，那时的它总有充沛的水流。无论何时，沟水都显得舒缓平静，像人们描述静止状态时常用的形容词——平静如水。水波澜不惊，沿沟生长的芦苇、蒿草也静静伫立水中，不左顾右盼，直直挺立。为了跨过壕沟耕种北岸的土地，人们在沟的窄处并排放了几个粗大的水泥涵洞。水流因人为拦截变得急促，在此处能看见因河道狭窄、拥挤而跳跃的水花。聚在涵洞口的水哗哗向东流去，我常向西眺望——朝着水来的方向，朝着那明晃晃跃过芦苇与蒿草尖的太阳，心里总琢磨：这水究竟从哪儿来？或许是缘分，或许是宿命，后来在不经意的选择中，我真的溯流而上，不仅见到了河的上游，还像牧人般逐河而行，只是我放牧的不是牛羊，而是自己的人生。

沿河而上，在察尔森水库、索伦河谷、满族屯满族乡，我见到了比北壕沟更大、更清澈的洮儿河。据说它发源于高山，可我所见的，都是它在山脚下平缓的草原湿地上曲折蜿蜒、漫不经心流淌的模样。关于这条河，史料中有诸多称谓：古称太鲁河、漆尔河，隋代称太尔河，辽代称达鲁河，元代称讨浯河、托吾河，明代称塔尔河，《清会典》中作陀喇，亦被称为陶儿清，《盛京通志》中为滔尔河，后改称洮儿河……无论名称如何变化，读音都与"洮儿"相近，不过是不同年代、不同民族赋予它的不同印记。但无论更名多少次，它始终是这条洮儿河，这便足够了。

作为嫩江支流，洮儿河的记载清晰可考：发源于大兴安岭南麓、索岳尔济山（宝格达山）西坡，向东南流经科右前旗中部，进入吉林省后于月亮泡汇入嫩江，干流全长595公里，流域面积7780平方公里，平均河宽50米，水深1至1.5米……我家乡的北壕沟，正是洮儿河下游的一条分支，人们称它为"内壕"。洮儿河主流分流出部分水流至此，而后继续向南缓缓流淌。北壕沟在丰水年可分流主流洪水，枯水年则能引洮儿河水灌溉庄稼。

洮儿河上游的察尔森段四周山高林茂，形成一片开阔水域，河水在此越聚越多，时常变得汹涌。当它无法自我调节时，便会冲向下游的农田与村庄，给两岸居民带来灾难。为合理利用洮儿河水、造福一方百姓，20世纪50年代，白城地委与科右前旗委（1969年，科右前旗划归吉林省白城地区管辖）计划在察尔森修建水库。水库建设一波三折，历经两次停建、三次复工，直至1991年才竣工投用，堪称一场持久战。在数十年的建建停停中，水利技术工人、两省10余万民工参与建设，近万名库区百姓含泪迁往他乡安家。当年参与建设的人回忆起这段经历，常用"场面宏大壮观，条件异常艰苦，建设感天动地"来形容。在技术落后、设备简陋、物资匮乏的条件下，上万民工肩挑手扛，一人接一人把土挑向大坝，一筐接一筐将土填在坝上。大坝上人潮涌动，远远望去像无数蚂蚁穿梭往返，那情景令人热泪盈眶。

我的父亲与兄长也曾参与水库建设。当时他们带走了家里最像样的被褥，可即便如此，也难抵施工的艰苦与工棚的寒冷。工地上遍地积水，他们终日在泥水中作业。工地的房屋是"干打垒"：先用木板夹出框架，往里面填土，用锤头夯实后再撤去木板。家里的日子同样艰难，母亲带着剩下的孩子，只能用仅有的被褥勉强御寒，被子太小，孩子们的胳膊腿常露在外面。但所有人都毫无怨言——为了靠近水，为了顺水而生。水库建成后，内蒙古科右前旗、乌兰浩特市及吉林省白城、洮南、镇赉、大安等6个旗县市的213万亩农田、487万亩草原、929个自然屯的近百万人口受益。如今，察尔森成为全国知名的风情小镇，离不开察尔森水库的滋养；北方草原能种出享誉全国的兴安盟大米，洮儿河亦功不可没。

对牧人而言，水是生命的源泉。逐水草而居，是他们创造文明的方式。这里的牧人便是沿河游牧，最终定居在乌兰毛都草原。草原上的满族屯满族乡，是全国唯一一个以畜牧业为主的满族人聚居乡，兼具生态乡、民族乡、边境乡、革命老区的身份。它曾两次获国务院"全国民族团结进步模范乡"称号，三次获"内蒙古自治区民族团结进步模范乡"称号及全区民族团结进步示范区示范单位称号，2021年还获自治区民族团结进步奖。

满族屯满族乡的由来，与一段姻缘、与洮儿河都密不可分。乡政府前的平坦草原上，流淌着一条图布台河（意为"平安、太平"），其水流最终汇入洮儿河。清康熙六十年（1721年），札萨克图旗的成吉思汗后裔、蒙古族摔跤手敖力布仁钦被征入伍后，在图什业图旗（今科尔沁右翼中旗）哈日诺尔比武中夺冠，被封为元帅，因屡立战功被康熙招为额驸（驸马）。后来他不习惯宫廷生活，思念家乡父老，便请旨

回乡。敖力布仁钦亲王与公主莎木嘎其其格，手握康熙赐给完颜氏的铁券家书与祖传宝剑来到草原。跟随公主的60多位牧民、木匠、瓦工、铁匠、石匠、金银匠，也千里迢迢来到札萨克图旗，沿洮儿河逐水游牧。他们沿金长城北行时，被图布台河两岸的秀美风光吸引，便在岸边扎下蒙古包，定居于此，繁衍生息至今。

水就是命根子，有水就有生命，就有生生不息的日子。牧人不仅逐洮儿河一路北上，还逐另一条河流——归流河而游牧生息。关于归流河，有书籍这样记载：发源于大兴安岭南麓宝格达山东坡，由西流向东南，在乌兰浩特市南汇入洮儿河……其实家乡北壕沟里的水，不仅来自洮儿河，也来自归流河。归流河与洮儿河经长途流淌后，在乌兰浩特市南汇合成一条河，继续向东南缓缓而去，汇合后的河仍称洮儿河。

归流河史称归勒河，《元史》中记为贵列、龟列儿、曲列儿河等名；《蒙语地志》中称"奎勒河"，后改称归流河。如今，乌兰毛都苏木境内的乌兰河与下游的阿力得尔河，都汇入了归流河。早先，居住在乌兰毛都苏木的科尔沁人，沿着归流河渐渐游牧到了上游的乌兰河。

从水文图上看，归流河与洮儿河就像一棵大树干上的两根小枝杈。洮儿河的支流从宝格达山西坡起步，渐渐吸纳细小支流汇成主流；归流河从宝格达山东坡开始接纳几条较大支流，而后汇成主流。两条主流最终交汇，形成一条更大的河——洮儿河。每条汇入两河的支流，都像树枝上的细小枝丫，细细弯弯，如同一根根筋脉，延伸在这片古老的土地上。

据说，洮儿河的由来有两种解释：一是从前河边沼泽地生长着一种叶子呈网状、根带节的水生植物，蒙古语称"乌纳根洮拉"，河因此得名；二是河的流路千折百转，犹如草原上流动的"洮儿"——汉语意为"网（络）"，故称为洮儿河。无论哪种说法，都说明洮儿河与"网"相关——它就像一张水网，曲曲折折，静静滋养着大地万物与沿岸百姓，每一条网丝里流淌的都是它的血脉与爱意。幼时熟悉的北壕沟，就属于这张庞大的生命之网；我也是被这张网哺育长大的，于是心里萌生了探寻两河源头的想法。

2012年，北方霜落、层林尽染的秋季，我行走在河水编织的水脉中，感受着历史的经脉、山水的文脉。那天，我登上了苍苍莽莽的宝格达山。我曾设想那山应是山峰嶙峋、山势陡峭，河水该是喷溅激荡、水花飞腾，可我错了。高山上云蒸雾绕，丛林密布，松树、桦树、柳树、榆树、杨树像一列列士兵，一棵挨着一棵从山脚排列到山顶，高耸入云。山并非想象中的陡崖峭壁，每座山都圆融而舒缓。

车在山里左拐右绕，沿着弯弯曲曲的山路盘旋而上，视线里始终是越来越高的平缓山峦。我们走进真正的森林，满山挺拔的樟子松、落叶松、黑桦、白桦密密麻麻，还有许多不知名的灌木丛。漫山丛林中，品种各异的树木经秋霜浸染，呈现出深浅不一的赤橙黄绿，五彩斑斓，汽车俨然穿行在一个金色的童话世界里。车子依着一座座山环绕前行，渐渐走向山的高处。葳蕤、茂盛、苗壮……这些词都难以描摹山林的繁茂。走进丛林，地上厚厚的落叶像一层柔软的海绵。同行的人说，这就是宝格达山，洮儿河与归流河的发源地。

秋天是这里最绚烂的时节，可山极尽平和，没有虚荣的渲染与炫耀，像一位慈祥的父亲，温和地接纳他的孩子，却又带着难以名状的威严。那一刻，一路的疲惫与浮躁都消失殆尽。

宝格达山位于科右前旗满族屯满族乡境内，地处科右前旗与锡林郭勒盟东乌珠穆沁旗及蒙古国的边境交界处，海拔1502.5米。辽代称它为七金山，清代称索岳尔济山。"索岳尔济"是蒙古语，意为"水的源头"。在现实世界里，它是高高兴安岭上一座名副其实的"水塔"，一条条涓涓细流如同它的血脉，汇成河流，滋润着兴安岭的山山水水与万千生灵。

行至一处，一条清洌的溪水缓缓穿行在黑褐色的山石与绚烂的落叶间，水流过处，水底的砂石清晰可见。那水平和舒缓，像春光里晒太阳的人，透着一种沁入心底的静谧与温情。告别这条溪水，我心里仍惦记着寻找河的源头，却被告知方才所见便是归流河的一条小源头。再次向当地人询问河的源头该是什么样子，得到的回答仍是：这便是河的源头，源头都是从山间静静流淌的细水，从没有想象中那般浩大与喧腾。

站在山巅，想起归流河与洮儿河，多像这座大山孕育出的两只乳房，宝格达山的血脉凝聚成乳汁，哺育着古老札萨克图旗的广袤土地。向东南方眺望，极目所及是一座座浑圆的山，没望见飞虹激流，也没听见滔滔水声。是啊，如此宁静的山，怎会有那样喧嚣的水？若真喧嚣，反倒与山不相配了。山水有自己的神韵与气场：宁静的山方能滋养宁静的水，宁静的水方能匹配宁静的山。

沿着归流河与洮儿河行走，一座座山连绵起伏，许多山与岭都有自己的名字。看似相差无几的山与岭，实则都不平凡——每座山、每道岭都有一段动人的传说、一个美丽的故事。

山与岭的名字，有的源于象形，有的源于流传的故事。故事里有寻常百姓的生活，有皇家贵族的逸闻，也有天帝神仙的传说；有的关乎人与自然，有的歌颂英勇善良，有的赞美忠诚友爱……比如浩崩山（火盆山），因山顶有一块石头形似牧民家中的烤火用具"火盆"而得名；吉日嘎岱（意为"六"），因山上生长着一种碗口粗、叶片较小且呈六个棱角的柞树而得名。还有一座山岭因猎人一次击杀八头野猪得名"查干大坝"：传说很久以前，这里山林茂密，野生动物繁盛，野猪成患、频频骚扰牧民，英勇的猎人出手为百姓除去了祸患。哈日雅玛图山的传说里，一位长着白胡须的山神牵着黑山羊在山间行走，山上泉水喷涌、牧草碧绿，黑山羊悠然享受着大自然的平和与安宁。都勒嘎图敖拉（有盔甲的山），相传格萨尔王与十二魔战斗时，将盔甲遗落在了这座山上。辉勒合山（阿爸山）的故事则与玉皇大帝的一道旨令有关。远古时代，辉勒山比现在更为巍峨，山巅高耸入云、常年积雪，却因玉皇大帝未赐名而不曾有山神驻守。一日，玉皇大帝翻阅山水封册时发现此事，便派鲲鹏到人间查看。鲲鹏接令后，来不及解开脚上的铁链便即刻飞至山顶，问山："我奉玉皇大帝之命传旨，要落在你身上，你撑得住吗？"大山答："既是天命，你便下来试试。"谁知鲲鹏落下的瞬间，山脊因受力微微一颤，它脚上的铁链扎进土地，当即喷出清冽的泉水。鲲鹏回天庭复命，称此山气势雄伟、险峻秀丽。玉皇大帝遂命黑龙山的麻黑脸将军驻守此山，并叮嘱在野狼发情时守护——将此山作为狼的交配场所。从此，陡峭的山顶变得平坦，山泉也源源不断涌出。世代居住于此的人们将山奉若神明，却忌讳"黑龙山"的称谓，便称其为"麻脸的阿爸山"，即辉勒合山。这座"阿爸"山神谨遵玉皇大帝之命守护此山，每年腊月，群狼也会聚集于此。没人知道这故事始于何时，但辉勒合山确实没有险峻的高峰，它圆融平缓、宁静祥和、草木繁茂，真如一位和善的阿爸守望着草原。

除了天上的传说，还有关于地上皇帝的"十三台扎拉嘎"的故事流传至今。索岳尔济山也因此闻名遐迩，留下了康熙皇帝赐名的传说，让这里的山山水水更添神秘与美丽。

索岳尔济山草丰林茂、巍峨秀丽、山清水秀，原是朝廷极为重视的军事要塞。宝格达山是其中的最高峰，也是众多河流的发源地。七八月份是北方最美的时节，康熙曾于八月初进入札萨克旗边界，见此处山水如画，兴致高昂、赞叹不已。行至索伦山谷时，他见山杏树上果实累累、果香飘荡，便命名此地为"哈日根台扎拉嘎"，意为"长满杏树的山沟"。次日来到色布斯台河畔，因觉此地舒适安逸，命名为"图不台扎拉嘎"，即"平安、太平的山沟"。继续东行时，发现一处古代四方城遗迹，周围还有界壕，君臣们对照地图核实，确认是金代界河与方城遗址（当地人称古代方城为"都日布勒金浩特"），康熙便随口命名为"浩特台扎拉嘎"，意为"有古方城的山沟"。

康熙沿洮儿河北行百余里，来到一处河湾，随从发现附近小河里饮马时，水中鱼多得数不清，遂命名"吉日喀斯台扎拉嘎"，即"有小鱼的山沟"。行至一片密林时，一头母鹿突然跳出，不顾大队人马向前奔跑。康熙拉弓射箭，射中鹿的左腿，鹿带箭越沟翻岭而去，此地便因"康熙射伤母鹿"得名"草根台扎拉嘎"，意为"有母鹿的扎拉嘎"。士兵追赶时，母鹿跑进一片浓密的白桦林，这片林子便被称为"胡苏台扎拉嘎"，即"有桦树林的扎拉嘎"。母鹿又跑到另一条山沟，越过一片宽广地带，这条沟被命名为"胡础台扎拉嘎"，意为"有力气的山沟"。最终母鹿跑进山林，士兵未寻到踪迹，便称此沟为"乌木格西台扎拉嘎"，意为"有靠山和依仗的山沟"。未追到母鹿，康熙略有不甘，说："吃不到山里的野味，总可以吃水里的吧。"士兵下河捕鱼，捕到红尾的吉波格鱼（哲罗鱼），此沟便被命名为"吉波根台扎拉嘎"，意为"有哲罗鱼的地方"。后来行至一处水藻缠绕、泥泞不堪的山沟，又命名为"扎木嘎台扎拉嘎"，即"水藻多的山沟"。

康熙一行穿过扎木嘎台扎拉嘎后，于八月十五抵达索岳尔济山。按约定，嫩科尔沁十旗王公、锡林郭勒盟东部数旗王公及漠北数旗王公齐聚于此。康熙与各旗王公商议完边防军务后，下令在山顶立起敖包，依满族习俗宰白马、乌牛祭祀天地山神，并举办了为期三天的盛大酒宴。此后，漠南四十九旗、漠北五十七旗的百姓每年定期祭祀索岳尔济山的查干敖包，共同祈求幸福安康。人们也由此将索岳尔济山尊称为"宝格达山"（意为"圣山"），查干敖包至今仍矗立在宝格达山山巅。索岳尔济山大宴后，各旗王公返回辖地，康熙继续率队北行，又命名了"努很台扎拉嘎"（深洞一样的山沟）、"高台扎拉嘎"（有沟谷的山）、"道格楞台扎拉嘎"（曾有跛腿马鹿的山沟）。算下来，康熙共为十三个山沟命名。

"十三台扎拉嘎"的命名是否确凿，虽无从考证，但康熙确实到过兴安岭脚下的索岳尔济山，古老的札萨克图旗山水也确实受过皇帝巡幸。据张穆《蒙古游牧记》记载：清"康熙四十年（1701年），上幸塞外，驻跸喀拉乌苏，乌墨客来朝，扈驾索约勒济山准宴，是此山也"。山东大学包德强教授在《索岳尔济围场小考》中提及，查阅

《清实录》可知，康熙曾两次巡幸索岳尔济山：第一次为康熙四十年（1701年），该年夏天7月5日（阴历五月三十日），他携太子允礽、长子允禔等自畅春园起行，于9月4日（阴历八月初二）抵达科右前旗阿尔达尔毕喇地方（今阿力得尔河）。

康熙巡幸途中留下诸多传说，让这片山水更添神奇。他还在此设置了索岳尔济围场，其中至少有17处小围场，外围设40处卡伦，由邻近蒙古、索伦各部派官兵驻守，辉勒合山便是其中一处围场。1790年，乾隆以今宝格达山为中心，将索岳尔济围场分赏给邻近的蒙古、索伦各部，随后撤销外围卡伦，各部间立分界敖包，此次分赏也奠定了各部落、旗的边界走向。

辉勒合山位于乌兰毛都苏木南面，山下乌兰河畔，白马沿河岸饮水，饱食的牛犊卧草丛，山坡上的群羊像散落的白星；302国道上，汽车疾驰而过，也有游客驻足拍照。辉勒合山岿然屹立、沉着安稳，乌兰河千折百转、沉静温和——山不凌威于水，反倒欣赏水的自由从容；水不牵绊于山，兀自曲折缓流。山无威严耸峙之态，自带厚重威仪；水无急功近利之心，所到之处皆显自然。此地山水相依、万物共生，和谐相融。我总忍不住胡思乱想：它们长年相望相守，会不会觉得腻？它们是否知晓，正是自己赋予了世间生灵以生命？从它们的情状看，似乎这一切都与己无关。或许正是"万物作焉而不辞，生而不有，为而不恃，功成而弗居。夫惟弗居，是以不去"，才成就了这世间静谧的美景。

关于河与山，世间还流传着许多故事，在天地间久久述说。归流河与洮儿河的美丽传说，不仅滋养着科右前旗这片古老静谧的土地，更将善良与爱播撒在广袤的科尔沁草原。这则故事在札萨克图旗广为流传——

传说很久以前，在札萨克图旗郡王祭祀的白音居日合山南麓，住着一位叫白音的放牧老人，他与老伴儿膝下有两个女儿：大女儿名归勒儿，小女儿名洮儿。姐妹俩生得端庄秀美，宛若仙女下凡。正当老两口沉浸在女儿带来的幸福中时，命运却伸出了残酷的手。许是天妒红颜，两个姑娘长到十六七岁时突患重病，缠绵病榻、久治不愈，最终先后离世。痛失爱女的老两口，失去了生命的寄托与希望，那份悲恸撕心裂肺。

人死不能复生，终究要入土为安。老两口念及女儿冰清玉洁，决意将她们安葬在远离尘世、清净秀美的地方——于是将大女儿归勒儿葬于宝格达山西坡，小女儿洮儿葬于宝格达山东坡。

在这神奇的传说里，归流河与洮儿河成了善良与爱的化身。故事仍在继续：安葬在圣山脚下的两个姑娘，到了阴间仍日夜思念父母。为报答养育之恩，她们化作两股山泉从宝格达山流淌而下，渐渐汇成两条河，分别从山的东西两侧蜿蜒流向札萨克图旗草原，百折千回间，滋养着世代生活在这里的百姓。后来，人们为纪念这两位仙女般的姑娘，将宝格达山西面的河称为"归勒儿河"，东面的河称为"洮儿河"；为表达对姑娘父母的敬重，将原来的居日合山改称"白音居日合山"。再后来，"归勒儿河"渐渐被叫成了"归流河"。

近处的人事往往容易被忽略——归流河与洮儿河的汇合处就在我居住的城南，我却从未去过。直到今年秋天，看到朋友圈一位才女姐姐发的两河交汇图，才兴起前往的念头。

许是因为家乡的北壕沟，我总以为两河交汇处该是芦花轻扬、一片被洁白浸染的秋寂。可到了现场，却一株芦花也没见着——更北的地域终究少了些芦花的浪漫。尽管山已褪去高耸之势，渐次低缓成丘陵与平地；尽管水流经几百公里跋涉，已流失不少血脉，眼前的山水仍透着端庄大气与辽阔雄浑。

两条如绸缎般的河流，隐匿在大片郁郁葱葱的树丛间。一丛丛蓬松的榆树冠，远望去像一朵朵硕大成熟的银色蒲公英；其间夹杂的白杨、柳树、松柏，也染上了秋的苍茫与雄浑。洮儿河从北面穿过莽莽丛林缓缓而来，归流河在两岸树林的陪伴下沿山边从西面静静淌来，交汇处涌起银蓝色的水波，像少女粗粗的麻花辫紧紧相拥、交融。那

汇聚在一起的归流河和洮儿河

是两姐妹在紧紧拥抱吧？那闪动的波光，是她们喜极而泣的泪水吧？
洮儿河与归流河，从未倦怠，从未停步——或以宽阔之姿，或以涓涓
细流，一路敞开心怀，用血脉哺育两岸的土地与生灵。她们带着爱与
善良奔赴而来，最终汇成一条完整的生命之河。

　　汇合后的洮儿河，河面如锦缎微漾，银光闪烁。它们像赶了远
路的旅人，抵达目的地后静静歇脚、喘息，一派平心静气。姐妹俩
从高高的宝格达山一路而下，与兴安岭的一座座山相依相伴——那
些山，是忠厚善良、可托真心的伴侣，默默陪她们走过漫长旅途：
春天，山雪消融，一股股清泉注入河川，让河水焕发活力；夏天，
大雨滂沱时，高山用身躯蓄积雨水、阻挡泥沙；秋天，山将河水拥
入怀中，给予源源不断的暖意；冬天，山以巍峨身躯为河阻挡寒
风，紧紧相依。

　　山水相映，惺惺相惜：山把倩影投进水里，水接纳了山的俊秀；
山给了水力量，水抚慰了山的孤寂。

　　洮儿河编织的生命之网，归流河也静静汇入其中。脑海中浮现出

归流河的原名——归勒日乌苏，"涓涓浅水"之意。河水流动时平稳无浪，蜿蜒如飘带，透着安详与舒适。这让我想起在辉勒合山前，曾和朋友七嘴八舌谈论山川河流的情形——那时辉勒合山像飘着长髯的老者，含笑望着我们这些童稚无知的人。我顿时意识到自己的无知与肤浅，慌忙闭上了嘴。

真正的宁静，是内在的爱、安详、不争与自然。

辉勒合山像端坐着的、微微含笑的大佛，那笑容渐渐幻化成四个字：大德敦化。

最后一片科尔沁草原

一

　　没有一丝风，大片大片如羽毛般的云朵，甩出宽宽长长的羽翎，铺展在天空。它们仿佛赶了很远的路，越过千山万水而来——是几百年前、几千年前飘浮在这片山顶与草原上的云吗？几百年、几千年前，是否也有人像我这样，独自望着云发呆？

　　山呈现出深浅不一的绿：墨绿、深绿、青绿、浅绿。山峦定格在天边，西面山脚下的风景区一片寂静。一排蒙古包静静伫立，在蓝天下、绿草间更显洁白，格外夺目。这般沉寂，或许是昨天接待了熙来攘往的客人，累了吧？鸣虫大抵也是如此。昨晚从那达慕会场回来经过这里时，蛙声、虫鸣此起彼伏，像在比赛；可今天早晨，它们却悄无声息——许是昨晚叫得太累了？静谧中，只听见乌兰河水哗哗流淌，再就是我心跳的声音。偌大的世界，此刻仿佛只剩下流水与我。

　　哦，还真是。今天这静谧的清晨，与昨天热闹的那达慕，俨然两个世界。那达慕对大家来说或许并不陌生，但我还是想说说我们这儿的乌兰毛都草原那达慕。

作为一种大型娱乐或游戏活动，乌兰毛都草原那达慕有着悠久的历史。它是草原牧民在长期游牧生活中创造并流传下来的，集体育、技艺与游艺于一体的盛会，带着独特的民族色彩。经过历年延续，那达慕已成为蒙古族的传统节日与约定俗成的习俗，凡举行庆典、敖包祭祀等重要活动，往往都会举办那达慕。七八月份是草原最美的时节：草木繁茂，牛羊肥壮，百花绽放，鸟语花香。在蒙古族传统习俗中，这也是"招福"的季节。因此，举办那达慕既是牧人欢庆牧业丰收的方式，也是他们祈求风调雨顺的仪式。大会期间，牧民们身着节日盛装，从各个牧点骑马或驱车赶来，携家带口汇聚一堂。人们通过传统竞技强健体魄、愉悦身心，共庆牧业丰收。其中，摔跤、骑马、射箭这"男儿三艺"是那达慕的必备项目——人们以搏克强身健体、切磋技巧，以射箭比试射击技艺，以赛马赛验马的耐力与骑手的本领。那达慕通常举办1天、3天或7天，而2024年的盛会从7月17日延续至8月18日，为期33天，成为有史以来最长的那达慕。除中间几日遇连雨天外，每天都有不同形式的娱乐与演出活动。

那达慕的规模与形式丰富多样：既有官方举办的，也有民间集体组织的，还有个人或家庭在老人过寿、庆祝丰年时操办的，更有作为祭祀活动延伸的。据史料记载，从前科右前旗的官员们会汇聚于乌兰毛都草原商议年度政务，之后便举行那达慕大会，开展各类娱乐活动。彼时，平日里寂静的草原会化作欢乐的海洋：人们参与激烈的射箭、摔跤、骑马等竞技，席间饮酒高歌，畅谈牧业发展与逸闻趣闻；年轻人借此谈情说爱，孩子们则尽情嬉戏。

新中国成立前，乌兰毛都草原那达慕举办期间，会场山坡的另一端常有商人聚集，形成热闹的交易市场——牲畜、皮毛、粮食、布匹、丝绸、工艺品等物资在此流通，当地牧民用牲畜和皮毛换回生活用品。由此，那达慕大会又兼具了物资交流的商会功能。可以说，它既是经济与文化生活的聚会，也是情感交流、凝聚团结力量的盛会。

2009年，"乌兰毛都草原那达慕"被列入自治区级非物质文化遗产代表性项目保护名录。如今的乌兰毛都那达慕愈发隆重热烈，既传承了草原传统文化习俗，又与实际生产生活紧密结合。除了必不可少的开场仪式、传统"男儿三艺"竞技，以及蒙古象棋、布鲁、服饰比赛、诗歌那达慕外，全旗各苏木乡镇还会前来展示发展成果，同步举办文体娱乐活动。

每次那达慕的开场仪式都最为吸睛：身着民族服饰的牧民们以参赛队员、裁判员、非遗代表性传承人等身份亮相，艳丽的服饰绚烂多彩，宛如草原上绽放的朵朵鲜花；一辆辆勒勒车随老牛缓缓而来，老牛拉着覆有圆弧形苫毡的车，苫毡内外坐着穿蒙古袍的额吉、姑娘与孩童，他们向观众频频挥手，仿佛带人穿越回旧日时光。那些老牛更是从容，不怯场、不讨好，如入无人之境般迈着千年不变的缓慢步伐，蹄子起落间似与岁月同步；即便主人催促，也只是抬头伸颈、咂嘴咀嚼，依旧自顾自前行，头冠上的玛瑙穗链晃动摇摆，仿若在拨动时光的钟摆。

开幕式后，射箭、搏克、赛马、布鲁等竞技活动在不同场地同步开赛，人们四散而去，各寻所爱。我这次来得稍晚，各项比赛已近尾声。夜晚的活动通常是歌舞表演与篝火晚会，昨晚便有一场音乐演唱会在此上演。

那达慕会场与我居住的乌兰毛都小镇直线距离仅两三公里，但从省道（也就是我此刻看云的地方）向北转弯再前往，就有4公里多了。起初想搭便车，没找到便索性步行——边走边与草原"对话"，倒也惬意。

晚霞刚落，会场那头便传来劲爆的音乐，鼓点撞向大山，又被山岩反弹回来，愈发浑厚悠长，在山峦间久久回荡。路上，开车的、骑电动车的、骑自行车的、步行的人们都朝着会场赶去，音乐点燃了所有人的热情。我回望高山，它们始终无动于衷，坦然自若、安然沉静，像修炼多年的智者，尽显处乱不惊的气度。

　　说来也奇，看似拐个弯就到的路，竟走了半个小时才到会场门口。彼时的草原不亚于城市夜晚的热闹：会场周围遍布烧烤、小吃、冷饮摊位，灯火闪烁、人头攒动，商贩的叫卖声此起彼伏。与白天不

那达慕大会上的牧人一家

同，跑道里招揽顾客骑马的牧民已不见踪影，或许正坐在家里盘算当日收入吧。行人多提着烤肠、雪糕向会场正南的音乐场地走去：有人步履匆匆，生怕错过精彩歌曲；有人悠然漫步，似是醉翁之意不在歌。

夜幕四合，高山与草原渐入夜色。舞台上，一位衣着酷飒的女郎正在献唱，那首歌我是第一次听，旋律热情奔放、满溢豪情。人群中，年轻的姑娘小伙挥动荧光棒高声和唱。只是不知为何，我总觉得少了点什么——是缺少草原的纯正味道？还是劲爆的音乐与草原气质不太相融？总之，有种微妙的违和感。

这时，一个操南方口音的男人说："快走吧，蚊子把孩子咬了。"我仔细一看，百十号人中竟有一多半是外地人。或许当地人更偏爱长调吧？但无论如何，这个异乡的夜晚，想必会成为他们记忆中一段美好的珍藏。演唱会进行到一半，已有观众陆续离场，我想着也别太晚，便起身往回走。

再璀璨的灯光，也照不亮整个夜空。走出那达慕会场，驻足环顾，唯有会场上方的天空被点亮得一片璀璨，四周依旧是浓得化不开的漆黑。那天不算特别晴朗，星星疏疏落落，倒与我孤单的身影格外相衬。但此刻的草原并不沉寂，虫鸣四起，尤其是蛙声，一声连一声地跃入耳中。它们大抵是被方才的音乐感染得兴致高涨，又或是在为草原这美好的季节欢呼吧。可我一点儿不觉得吵闹，反倒倍感亲切——这声音一下子牵出了故乡的记忆。

小时候的故乡就是这样，每当夜幕降临，虫声、蛙声便齐齐响起，蚊子也趁势嗡嗡袭来。在院子里乘凉的大人们，会点燃白天割来的蒿草，青烟裹着草木香四散开来，蚊子便不敢靠近了。大人们卷上旱烟点燃，天南地北地闲聊，而虫鸣与蛙声是熏不走的，哪怕夜渐渐深了，人躺上了炕，那声音还在窗外执拗地响着。我从不知道它们何时会停歇，只记得自己总在这喧嚣声里沉沉睡去。

好些年了，不知从何时起，即便在故乡熬过夏夜，也再听不到虫鸣蛙叫了。它们究竟去了哪里呢？而今天，在草原上，在古老的科尔沁草原，我竟又寻到了故乡——寻到了故乡的感觉，故乡的味道。那种感觉明明久远得像隔了一世，可故乡的味道却丝毫未变，依旧是温暖又亲切的。鼻腔里，仿佛还萦绕着艾蒿那淡淡的香气。

二

这个清晨，我把自己全然交予了草原，交予了这场雾。

近来降雨颇勤，河水的流速比往日快了许多，有些地方甚至冲出了漩涡。水流至漩涡处，便发出汩汩的声响，仿佛地下有泉眼正不断涌出水来。但无论哪种水流声，在我听来都清脆悦耳，宛如天籁。在这片辽阔如舞台的草原上，在空旷无垠的天地间，那声音愈发清亮动人。我不禁拿出手机，想将眼前的河水与这片绿意静谧的草原定格在画面里。就在按下快门的瞬间，我望见山峦间升起一道白雾，正横卧在山腰。这雾是何时升起的？又从何处而来？我无从知晓。

其实我并不太喜欢雾，总觉得云蒸雾绕的景象太过缥缈朦胧，如雾里看花般难以捉摸。我偏爱清爽透亮的感觉，所以家里无论客厅还是卧室，都亮亮堂堂的。但今天早晨，我却决心要和这场雾"对峙"到底——非要把它看清、看透了再走。于是，我独享着这片偌大的草原，独自与这场雾相视"对话"。

草原上的雾真干净，是那种一尘不染的白。这场白雾格外奇妙：你盯着它看时，几乎察觉不到它在变化；可当你看得有些乏了，换个角度望向左右的山峦或是远方的空隙，却会发现它已然不同——变得比先前更宽，也更稀薄了，正缓缓向东边另一座山的山腰飘去。只是那飘动的速度太慢了，看了好半天，也辨不出究竟飘远了多少。这云雾飘动的节奏，和草原及草原上的牛羊一样，都是慢悠悠、懒洋洋的，仿佛它们悠然升起、悠然走远，只为好好享受这缓慢的时光与节奏。在乌兰毛都草原上，人们放牧的何尝只是牛羊，更是自己的时光。这里的时间格外"阔绰"，悠长又充裕，让人随时都能体会到

"采菊东篱下，悠然见南山"的恬淡与惬意。

从北向南，乌兰毛都的山顺着地势渐渐收敛了锋芒，变得温和起来，不像有些高山那般峭壁嶙峋、危岩高耸，处处透着剑拔弩张的气势。这里的每一座山，都有着圆润的轮廓，既像历经岁月磨砺的谦逊老者，又似满腹经纶的饱学之士，温润而儒雅。无论何时望见它们，心都会不自觉地沉静下来。是山与牧人的游牧生活早已契合得尽善尽美？还是大山见惯了岁月风雨，才变得如此沉静从容？

草原确是孤寂的，尤其在从前交通不便的年月，即便盛夏，一天也难见几个人影。那达慕之所以能传承至今，正因它是人们最盛大的欢聚时刻。草原对节气的顺应格外分明：立秋一过，青草便开始枯黄，草原渐渐显露出苍茫寥廓的底色；到了冬季，寒风呼啸、白雪纷飞，那已不只是荒凉，更有寒冷中裹挟的凄凉。一位故人在其作品《我的故乡阿其郎图》（阿其郎图是位于乌兰毛都草原桃合木苏木的一个嘎查）中写道：冬季敖特尔（冬季牧点）不会过分追求靠近水源，只要草场优良、有合适的卧盘与背风处便好。羊群的饮水全靠雪来解决，因此一入冬，牧民们既盼着早点下雪，又怕雪下得太大酿成白灾——这是冬季最让人忧心的事。人吃的水主要依赖河流，所以扎营会选在河边，从河流不冻处取水；若河水结冰，就破冰取用；没有河流的地方，便从山阴坡搬运积雪。拉回来的冰雪要倒进铁炉上的大锅里化开，再倒入其他桶中充分沉淀，最后滤净沙土才能饮用。故而在北方草原，唯有当春阳渐暖、山川复苏、草原重焕新绿时，这片土地才会真正欢腾起来。能在草原扎根居住的人，都有着超乎寻常的坚韧与毅力。

面对草原，多说一句话似乎都是多余的。不知在很久很久以前，或是更遥远的过去，是否也有人像我这样，悠然坐在河边，与大山一同静默，与白云两两相望，和草、树、花轻声"交谈"？牧人们赶着勒勒车游牧时，是否从这里走过？他们的牛羊是否曾在这条河里饮水？洁白的毡房是否曾在此处安置……这些都无从考证，但我清楚地知道，只要来到这里，心就会放松、惬意、安稳，仿佛回到了那片澄澈安宁的故乡。

又一股较大的水流涌来，"咕咚"一声，将岸边的一棵红柳树冲撞得轻轻一晃。红柳是柳树的一种，也是"乌兰毛都"得名的传说由来之——蒙古语中，"乌兰"意为红色，"毛都"意为树，"乌兰毛都"便是"红色的树"。这片草原上曾生长着大片红柳，它们堪称冬季草原的"娇子"，冬日里的风采尤为动人。

当北方大地千里冰封，草原便成了银装素裹的世界；待草枯叶落，草原又化作静谧与萧瑟交织的天地。车行山路时，除了引擎的轰鸣，再无其他声响。偶尔，河岸上一簇簇鲜艳的红柳挺立在草原间，会瞬间让人精神一振——那红柳像一团团燃烧的火焰，又似一朵朵鲜红的萨日朗绽放在雪地里，仿佛正用热情的眼眸热切地凝视着这个世界。在白雪的映衬下，红柳愈发红艳，活脱脱像一个个身披红斗篷的美艳新娘。当暖阳洒落，白雪折射出绚烂的光，红柳的红便更加耀眼夺目，恰似冰与火相遇时迸射出的奇异光彩，惊艳至极。每当望见红柳，我的心都会立刻澎湃起来；此刻落笔书写，那份热血沸腾的感觉再度涌来。

红柳热烈而冷艳，多像草原上的姑娘啊——柔情中藏着坚毅，洒脱中带着冷艳，安静里裹着火热。这样的姑娘，谁能不为之着迷，不为之爱恋？草原上的姑娘确实如红柳一般，勤劳、坚韧、善良又美丽。她们不仅要操持家务，还要像男人一样劳作：牧马、挤牛奶、剪羊毛，事事都离不开她们。当男人外出游牧，数月不归时，她们便扛起家里的所有重担，尤其要熬过北方漫长的寒冬，应对冬日的酷寒与孤寂。

有位出生在乌兰毛都草原的满族姑娘，19岁时嫁给了草原上的一位蒙古族小伙子。小伙子极爱马，也善于揣摩马的性情，在20世纪六七十年代的集体公社时期，成了乌兰毛都公社的马倌，负责放牧公社的所有马匹。由于丈夫常年在草场牧马，无暇顾家，这位满族姑娘只能独自支撑，开启了游牧生活——她和几户人家结伴游牧，孩子长大后，便带着孩子一同奔波。她既是家里的女主人，又扛起了男主人的责任。

"那个年代真是太难了，啥都没有，常年就吃炒米、苞米、高粱米。"她曾这样回忆。

她要亲手将糜谷炒熟制成炒米，还要去磨坊磨高粱米，再把粮食装进近一人高的长帆布口袋里。每年过完年，她就得动身游牧：先找一处背风向阳的牧场驻扎，等接完羊羔，再转场到水草丰美的夏季牧场。若遇到丰美的草场，便停留一两天；否则就得一天一换营地，每天重新搭建蒙古包。那时的蒙古包十分简易，仅用几根支木搭起框架，四周从内到外围上毡片，真正是"以天为幕，以地为席"。包内的草地上，先铺一层牛皮，再铺一层稍软的羊皮，羊皮上又覆一层毡子；冬天太冷时，毡子上还要加铺一层狍子皮。每到秋季，她会把牛羊赶到长满草籽的草场，让牲畜吃营养丰富的草籽好长膘；冬季则回到嘎查点，在住处附近放牧。由于丈夫常年牧马在外，她每天凌晨三点多就要起床操持家务，晚上还得在灯下做针线活，直到深夜才休息。

哪有时间睡觉啊！外面的牛羊要照料，家里的孩子要照看，还有头发丝儿般琐碎繁多的活计等着做。但这位姑娘坚强而充满活力，把家打理得井井有条。每年丈夫从公社拿回四五十元钱，她都会仔细规划，用作一家人全年吃喝拉撒、人情往来的开销。在那个物资凭票分配的年代，一个人一年只有15尺布票，远远不够一家人用。于是她把羊皮充分利用起来：不仅做皮袄、皮蒙古袍，还将皮子经过浸泡、熬制、搓揉，褪去毛絮，让其变得柔软轻薄，再缝制成裤子。这种皮裤特别适合游牧生活，春、夏、秋三季都能套在布衣裤外面，既耐脏又结实。

"一丁点皮子都不浪费。"她把有限的生产资料用到了极致，"我最怕没吃没穿。这辈子生了8个孩子——5个儿子、3个姑娘，还真没让他们缺过吃、少过穿。"这一切，都是勤劳与智慧的馈赠！"就是老头子走得早，50多岁就没了。他走的时候，就一个儿子结了婚、两个姑娘出了嫁，剩下的儿子们都是我给说的媳妇，姑娘也是我嫁出去的。"

曾经的草原姑娘，如今已是年逾古稀的额吉。她从窗台上的烟盒里抽出一根烟点燃，深深吸了一口。那烟头像一束在时光隧道里跳动的光，一缕轻烟拂过老人的脸颊，飘向窗外。我没问她抽了多少年烟，那烟龄里藏着太多故事。

额吉坚毅而有神的双眼望向远方，那里摆着两张照片。一张是她年轻时的模样，约莫40岁，面庞清秀、神态端庄，一头乌黑的大波浪卷发，脸上漾着喜悦幸福的笑，透着生命的激情与活力。她身旁的男士英俊潇洒，高鼻梁、脸庞棱角分明，同样激情饱满、神采飞扬——这是众人在给额吉的丈夫过生日，作为妻子的她自然满心欢喜。另一张照片里，两位老人端坐在茶几旁的椅子上，额吉怀里抱着个娃娃，许是他们的孙儿。这张照片的拍摄时间比前一张晚些，两位老人的面容也更显苍老了些。

"那时候照相太少，就留下这两张。"老人想说的，或许是"就留下这两张和丈夫的合影"吧？她的目光久久停留在照片上，沉溺在深深的爱意里。望着眼前这位草原额吉，我心中涌起深深的钦佩——这不就是草原上的一株红柳吗？她满怀热情、兼具激情、刚毅与顽强之美，越是寒冷越显红艳，越是艰难越绽放傲人的风采。

这位额吉不仅是生活的强者，更是位巧手匠人，身怀高超的刺绣技艺。她便是扎力玛老人，盟级非物质文化遗产代表性项目"札萨克图刺绣"的传承人。老人1948年出生于桃合木阿其郎图嘎查，是最后一代真正意义上的游牧人。

"游牧了一辈子，后来要照看孙子、孙女，才不再出去游牧了。"她将一生都奉献给了这片草原。

"那时候的草场真好啊，牛羊吃得饱饱的，也不怎么得病……"老人一边回忆，一边怅然若失地说道，语气里满是对过往时光的眷恋。

三

突然间，一片云从大片云朵中脱离出来，在一个小山尖上停驻片刻，随后缓缓上升，渐渐与大片云拉开一小段距离，像一颗巨大的水滴横悬在云层上端。这云，竟也有如此调皮的模样！就在我望着这片云以比老牛还慢的节奏向东、向上移动时，西边的山坳里又升起一片云。这片云比上一片更厚些，却不及它洁白——许是受光线照射的影响，呈现出淡淡的乳白色，倒有些像炊烟的颜色。

说起炊烟，小时候常听村里老人说："谁家的炊烟多，谁家的日子就过得好。"后来我渐渐发现，这话虽不绝对，却有几分道理：经常冒烟的人家，大抵是勤劳的。他们按时早起、规律作息，日子过得规规整整、井井有条。天道酬勤，人勤了，日子自然会宽裕些。参加工作后，我常下乡采访，深入农户家中；在脱贫攻坚工作中还当过驻村第一书记，对此感受尤为真切。我发现，即便同住一村、同靠一方水土谋生，勤劳的家庭往往日子都不错。而贫困家庭，多半逃不开两种情况：一种是因病致贫，好好一个家，常会因一人患大病而垮掉；另一种是因懒致贫，不愿劳动，要么没娶妻，要么妻离子散。因病致贫的家庭还好帮扶，因懒致贫的却难办——那"懒病"实在难治。这类人家，一进院门就冷冷清清，院里杂乱无章；进屋更是如此，锅盖、灶台上积着厚厚的灰，整个家死气沉沉，像许久没生火做饭的样子。所以我仍信那句老话："谁家的炊烟多，谁家的日子就过得好。"勤与俭本是孪生兄弟，勤俭度日总比懒散度日更易积累。民以食为天，生火做饭是头等大事，家里开了火，就有了烟火气。从某种意义上说，厨房的味道就是炊烟的味道，炊烟的味道就是家的味道，一个家的烟火，便是它的未来。厨房冷清了，家的烟火又从何谈起呢？

我也格外喜欢看村庄里炊烟升起的景象：无论清晨、正午还是黄昏，各家屋顶的烟囱里都飘出袅袅炊烟，一缕缕升向云霄，整个村庄便活了过来。再配上鸡犬相闻、牛羊嘶鸣，处处涌动着生命的气息。尤其记得小时候，放学后饥肠辘辘地奔回家，远远望见自家烟囱升起的炊烟，浑身便添了力气；走进村子，瞅见敞开的屋门里飘出厨房的雾气，心头就暖暖的，仿佛已闻到妈妈做的饭香。那时和伙伴们坐在村头，望着缭绕的炊烟总爱琢磨：炊烟的家在哪儿呢？后来想通了——炊烟从房子里升起，它的家便是一座座房子。炊烟一定是温暖的，住在有炊烟的房子里的人，也一定是温暖的，因为那里有母亲，有家人，有爱。

自古烟与雾便常连在一起，烟雾迷蒙、烟雾缭绕、烟雾笼罩、烟消雾散，皆是这般景象。不同的是，烟由固体小颗粒组成，多是物质不完全燃烧时产生的；而雾则是悬浮在空气中的微小水滴或冰晶，是近地面层空气中水汽凝结（或凝华）的产物。炊烟是村庄里的烟，雾便是山里的"炊烟"——当雾升起时，连静止的山仿佛都动了起来。

那么雾的家在哪里呢？我只看见它在山中无根无源般兀自升起。望着依然哗哗流淌的乌兰河，望着这片绿色的草原，似乎有氤氲的绿色气息在不断向上升腾。万物皆有根，雾也不例外，世间从没有没来由的事与物。这片土地之所以能升起洁白的雾，正因它蕴含着充沛的水分，才使得这里水草丰美、牛羊肥壮、空气清新、风光怡人。雾的家，就在这片草原，在绵绵青草覆盖下的黑色大地里——大地，便是雾的根与家。感恩上苍留下这片丰饶的土地，留下这片水草丰美的科尔沁草原。这不仅是赐予我们的礼物，更是留给人间的一块风水宝地、一片放牧心灵的杭盖牧场。它像一颗绿色宝石，镶嵌在大兴安岭的怀抱中。

乌兰毛都草原坐落于苍茫的大兴安岭索岳尔济山南侧的浅山丘陵区，地处科右前旗西北部，总面积约8000平方公里，可利用草场面积1600平方公里。

据史料记载，清崇德元年（1636年）十月，清廷将归附的蒙古诸部依照八旗制度编牛录、建旗，盟旗制度由此体制化。科右前旗归属哲里木盟，该盟包含科尔沁部六旗、郭尔罗斯前后二旗、扎赉特旗、杜尔伯特旗，这十旗统称"嫩科尔沁十旗"。科尔沁人生活的科尔沁草原，位于内蒙古东部、松辽平原西北端，西接锡林郭勒草原，北邻呼伦贝尔草原，地势西高东低，绵亘400余公里，面积约4.23万平方公里。现今的内蒙古自治区通辽市科尔沁区、开鲁县、科尔沁左翼中旗、科尔沁左翼后旗、奈曼旗、库伦旗，兴安盟科尔沁右翼中旗、突泉县、科尔沁右翼前旗，赤峰市翁牛特旗、敖汉旗，以及黑龙江省杜尔伯特蒙古族自治县，辽宁省阜新蒙古族自治县，吉林省双辽市、洮南市、白城市等地，都曾是科尔沁草原的一部分。

科尔沁草原曾河川密布、水草丰茂。10世纪时，这里仍是"地沃宜耕植，水草便畜牧"的沃土；直至19世纪初，大部分地区仍保有大面积植被与森林。但自19世纪中后期起，因滥垦草场、砍伐森林及移民等诸多因素，水源与生态平衡遭到严重破坏，草原面积不断萎缩。如今，科尔沁草原的大部分已变为农耕地或沙地。而在"嫩科尔沁十旗"中，科右前旗是开垦最晚的。乌兰毛都草原隶属科尔沁草原，直到清朝末年，世代居住于此的科尔沁努图克人仍过着逐水草而居的游牧生活。

如今，每当我乘火车或汽车由南向北行进，望着窗外舒缓的丘陵上生长的一丛丛榆柳沙棘，望着一片片庄稼地，总会想起：这里，曾经是一望无际的绿色海洋啊！

《永远的乌兰毛都》一书中有这样的记录：乌兰毛都草原面积约占科右前旗的二分之一，涵盖乌兰毛都苏木、满族屯满族乡、德伯斯镇、桃合木苏木。清末民国初年，当地居民主要分布在当时科右前旗南部（今吉林省白城市及以南的洮南市、通榆县一带），逐水草游牧于洮儿河、蛟流河流域广阔肥沃的草原上。

按照清朝分旗划界分封制度，科右前旗境内牧地一律禁止开垦。但清光绪十七年（1891年），卓索图盟、热河地区爆发白莲教支系金丹道事件，科右前旗第十二代郡主乌泰奉哲里木盟盟长之命，招纳由卓索图盟、昭乌达盟逃荒而来的土默特、喀喇沁、敖汉等旗蒙古族人，允许他们在科右前旗南部集中垦荒。

紧接着，草原又遭遇了一次大规模开垦。从光绪二十八年（1902年）起，清政府彻底废弃清初制定的对蒙封禁、禁垦蒙地政策，推行"借地养民""移民实边"政策，这给内蒙古东部地区带来了前所未有的剧变——大量内地农民涌入地广人稀的科右前旗南部租地耕种。为敛取巨款，清政府又于1903年制定《札萨克图蒙荒更定章程》，大量拍卖蒙荒，导致土地乱垦，科右前旗南部被开垦殆尽，天然植被遭到严重破坏。至清末，科右前旗放出的荒地约占全旗面积的五分之三；到民国初年，由外地移入旗境南部（开通、洮南、靖安）的居民已多达万余人。光绪三十年（1904年），"官垦""私垦"与无计划的放荒乱垦，使得牧民牧地日益缩减，农牧业之间的排挤与农牧民矛盾开始滋生。后来又因战乱，世代居住于此、以游牧为生的科尔沁努图克人被迫流离失所，他们赶着为数不多的牲畜，沿洮儿河、归流河北上，迁往北部山峦重叠的丘陵地区，即今天的乌兰毛都一带。与此同时，在科右前旗南部刚找到栖身之地、立足未稳的外旗蒙古族人，也因此再度迁徙到北部的乌兰毛都地区定居。

乱垦乱伐、战乱、垦荒政策，像一把把刀斧，不断砍向美丽的草原。牧人的生存空间一再紧缩、退步，最终退向科尔沁草原的最后方——高山与丛林间的乌兰毛都草原。

科尔沁草原牧人赖以生存的家园，一点点变成沙地、甸子，他们不得不一再妥协、退让，最终来到了乌兰毛都草原。

乌兰毛都草原是科尔沁草原最北端的一片山地树林草原，是一个以蒙古族为多数的边疆牧区。这里以科右前旗科尔沁努图克人为主，也有喀尔喀、巴林、克什克腾、乌珠穆沁等其他部族的蒙古族人；还有清初时，清廷实行满蒙联姻政策，随下嫁公主而来的满族人后裔；以及19世纪末由卓索图盟、昭乌达盟等地避乱而来，和20世纪五六十年代由今辽宁一带逃荒而来的外旗蒙古族人；此外，还有少数汉族、达斡尔族、鄂伦春族群众在此居住。

对蒙古族文化和满族文化颇有研究的图雅姐说："乌兰毛都草原是目前从事纯牧业生产、保有最大面积的一片原生态草原，是古老的札萨克图那片土地上，科尔沁草原最浓密的一片绿荫。"我希望这片纯净的草原能愈发繁茂，相信每个生活在这里的人——尤其是那些祖祖辈辈以放牧为生的牧人，一定也怀着同样的心愿。就像扎力玛额吉曾感叹的那样："那时的草场真好，牛羊吃得饱饱的，也不怎么得病……"这样的话，我在乌兰敖都嘎查也曾听到过。

为了深入探访金界壕的四方城，我特意去了一趟乌兰敖都嘎查。这个嘎查离满族屯满族乡较远，离边境线却很近。金界壕自东向西延伸而过，草原被一条公路分隔开来，公路两侧各有一座四方城。这里在20世纪80年代还是人迹罕至的荒凉之地，当地牧民说："这儿从前都没人来。"那时的游牧生活确实艰苦：住的是简易蒙古包，要忍受蚊虫叮咬，还要提防野狼侵袭；主食以肉为主，蔬菜几乎没有，只有夏天能吃点野韭菜、柳蒿芽、黄花菜等野菜；没有像样的被褥，铺的是牲畜皮毛和毡子。实行划定草场定点放牧后，这里建起了固定房屋。在党的政策关怀下，各个牧点盖起了砖瓦房，牛羊也有了棚舍。牧点通了电，还有太阳能发电设备。即便住在山里，人们也能睡在温暖的炕上、舒适的被窝里；做饭可以用电，家家户户都有了轿车。为方便牧民，乡里专门在此设立了便民服务中心，还有警务室、卫生室。从前没有道路的草原，如今已有宽阔的省道穿行而过。

我住在玉莲姐家。她家整齐的大院铺着红艳艳的方砖，院里干干净净。一进屋，室内更是洁净如新，我都不好意思穿鞋进去，赶紧要了双拖鞋在鞋踏上换好。穿过走廊往里走，有一间客厅、两间并排的卧室——一间朝阳，一间开着西窗；客厅里的两盆花长得热热闹闹；电视大概是为了方便观看，挂在了里间卧室的墙上；屋子最里面是厨房，厨具摆放得整整齐齐，擦拭得一尘不染。炉子里，干燥的牛粪燃烧着，散发出草与粪混合的质朴气息；炉子上坐着两个水壶，反射着锃亮的银光。说实话，这里比城市的楼房还要干净。吃过晚饭，我躺在热乎乎的炕上，或许是累了，或许是被草原清新的空气熏醉了，一躺下就睡着了。第二天吃过早饭，有人来找工具，原来是租住玉莲姐家前排房子的租客——他在给《燃烧的月亮》剧组做饭。"燃烧的月亮"竟已"燃烧"到这片曾经人迹罕至的草原，如今的乌兰敖都可比从前热闹多了，不再是孤寂的代名词。租客拿着工具走后，玉莲姐的姐夫陪我去了四方城。四方城就在玉莲姐家的牧场内，虽是文物遗址，姐夫每天去草场放牛，却从不会动那里一锹土。不仅四方城，那远远望去像绿色毡毯般毛茸茸的草场也深深吸引着我。可走进草场后，心里却多少有些失望。玉莲姐的姐夫边走边指着脚下一株枝杈四散、叶片呈菱形的草说："这种草，还有另外两种，牛从来不吃。"望着他手中那株细枝上稀疏的草叶，我真为这草感到可怜——怎么长成了这副模样？

近些年，在"绿水青山就是金山银山"理念的宣传与推动下，人们的环境保护意识不断增强。面对草场日益退化的现状，如何更科学地保护草原生态、让植被愈发繁茂，已成为值得深思的问题。此外，我也有所耳闻：每年春夏，总有农区的羊群来这片草原啃食一整季，之后再返回农区。谁家没几个三亲六故，情面总是抹不开，来了也就让它们留下了。但我也听好几位牧民带着伤感与无奈说过："下面的羊来得太多了。""下面的羊来得多"，意味着草原上的草要承受更多啃食——这个道理，大家心里都清楚。传统游牧时代，牧人会通过四季轮换牧场让草原休养生息，且要等草长到巴掌高才放牧，就是为了避免草木受伤。这就像人在未成年时若过多干重体力活，累出伤病，日后便难再苗壮生长——这样的道理，谁都明白。可人性往往如此：没身处那个环境时，总能轻松做出客观公正的判断；一旦轮到自己，态度或许就不一样了。其实，下面的羊即便来得再多，若牧场主不接收，它们也吃不到草原的草。说到底，还是情面难却。

但绿色生态从不讲情面。这关系到的，是草原的根、牧民的根，是牧民心灵的故乡。扎力玛额吉那句看似回忆、又藏着些许失落的话，此刻又回荡在我耳边——话语里，或许还有更多对草原的期待吧。像额吉这样与草原相伴一生、把生命都交付给草原的人，一定更心疼现在的草原。我不禁为草原的未来担忧：到那时，会不会连开一整年的那达慕，也求不来雨水、求不来丰茂的草原？但转念一想，在国家政策的保障与干部群众的努力下，我这恐怕是杞人忧天了。

我又想起乌兰毛都苏木勿布林扎拉嘎敖包祭祀的祭文："想让子孙后代生活富裕，必须爱护家乡的山水，爱护仅存的这片科尔沁草原。"

走神的工夫，先前的那片白云已有一部分消散在天空，另一部分仍悬在山顶；第二片云宽了不少，正向上飘游；而那片从大云朵脱离的云，已变成一个不规则却圆润的玉盘，愈发透明。云的变化真是瞬息万变、无穷无尽，想参透一朵云尚且不易，想参透世间诸多事，就更难了。但万物皆有其道，只是这道"微妙玄通，深不可识"——就像云的千变万化，必定遵循着某种规律，只是我们暂时看不透罢了。任何事物，遵循自然规律便不会偏离正轨，违背规律则会脱离轨道，终将受到惩罚。有时候，有些事确实不必太较真。顿时，我改变了想法：世界上有那么多美好，何必跟一朵云过不去呢？早餐时间快到了，我也不为难自己了，吃完早饭，去看那达慕吧。

草原上流淌的诗

一

　　一直觉得歌儿是飘荡在天地之间的，无根无系。直到有一次站在草原上听科尔沁长调——那歌声悠扬地向天空而去，在半空中折转上扬，悠长的音调带着强劲的张力向四周扩散，之后轻轻颤动，又被一种不知来自何处的强大力量渐渐收拢，最终沉向大地深处，回归草原。草原重归宁静，而此刻的歌声，俨然成了一条连接天地的通道。

　　那一刻，我突然觉得：这歌儿就像泥土里长出的一株禾苗，像草原上的一棵草，像山石间倔强生长的一棵树，都是有根的。并非所有的歌儿都有根，但草原上的科尔沁民歌，绝对深扎着根须。那歌声从远古青草下的泥土里生长出来，历经沧海桑田，千百年间从未停止生长；它穿越世纪的光影，穿透层层尘埃，千折百转地走到今天。

　　在科右前旗，在乌兰毛都草原上，生长着科尔沁短调民歌、乌力格尔（说唱结合的叙事民歌）与科尔沁长调民歌。无论是短调、长调，还是乌力格尔叙事民歌，都像一棵棵青草，带着这片土地的味道、山风的味道、雨露的味道、牛羊的味道、乳汁的味道，蓬勃生长着。它们唱出了草原的山川树木、风土人情，唱出了草原的宽广与深邃，更唱出了人们心中浓烈的情与爱。

莎士比亚说："诗歌是时间的轨迹，永恒的足迹。"科尔沁民歌，正是科尔沁草原上时间的轨迹，是世代牧民行走的足迹。

17世纪蒙古学者罗卜桑丹津在《蒙古黄金史》中，曾记录过一首古老的狩猎歌曲："行猎于多石的山崖，行猎于起伏的丘陵，射杀那黄羊野马，猎获那褐色的黄羊。每当分享猎物时啊，每当分配猎肉时啊，你们莫要争斗残杀，让我们祭祀神明，欢宴歌唱。"读着这短小精悍、形象生动的诗句，感受着其中远古的质朴，我不禁想起《诗经》里的句子："参差荇菜，左右流之……参差荇菜，左右采之……""坎坎伐檀兮，置之河之干兮。河水清且涟猗……坎坎伐辐兮，置之河之侧兮。河水清且直猗……"同样是朴素的语言，工整的排比，对生产生活场景的形象描摹——既做到了淋漓尽致的刻画，又唱出了深沉的情感与思想。

科尔沁民歌的发展历经了狩猎经济时期、畜牧业经济时期，以及农业与畜牧业经济并存时期。

在狩猎经济时期，人们所唱的多为短歌，这类歌曲兼具描写、歌颂与传达功能，因此被称为短调民歌。12世纪，随着蒙古诸部落陆续从额尔古纳河流域迁入蒙古高原，游牧于斡难河（今蒙古鄂嫩河）与怯绿连河（今克鲁伦河）的广阔区域，生活环境发生了巨大变化。由此，当时科尔沁人的生活形态逐渐过渡到以畜牧业为主、狩猎为辅，生活空间与方式也随之改变。更宽阔的生活空间、更多元的生活方式、更丰富的生活内容，催生了更丰富的表达需求——人们不仅要描述生活、祭祀与宴饮，还要抒发对自然景色、美好生活及各类事物的喜爱，倾诉内心的喜怒哀乐、思念与祝福。原有短调民歌已无法满足这些叙述与表达需求，科尔沁长调音乐便应运而生。一首首情真意切的赞歌、宴歌、思乡曲、情歌在青青草原上诞生，伴着草原的风越过高山、河流与毡房，在草原上悠扬传唱，民歌的种子也随之深深播撒到草原深处。

18世纪中叶，清朝沦为半殖民地半封建社会，北方草原同样承受着历史的伤痛，也面临着巨大变迁。19世纪末，清朝实施"移民实边"政策，草原被肆意开垦，大批牧人被迫脱离游牧生活，逐渐转向农业生产并走向定居，人口集中的村落陆续出现。科尔沁地区由此形成半农半牧或纯农业的生产生活方式。生产生活方式的融合，实则是人们心与心的交融。牧人的生活之舟驶入了一条更广阔的河流——这里不仅有河岸耸立的高山、茂密的树林，有雄鹰与百灵鸟翱翔的湛蓝天空，有鸿雁翩飞的沼泽湿地、牧场、毡房与炊烟，有骏马驰骋、牛羊漫步的草原，有游荡在草原的勒勒车；更有了沃野良田、粟谷稻麦、稼禾农庄，有了辕车犁铧、铲蹚收获以及各行各业。人们的视野愈发开阔，内心愈发丰富，情感愈发波澜壮阔。此时的人们既需要简短的表达，也需要深刻的抒发，于是短调与长调民歌共同繁荣发展，长篇叙事民歌和说唱音乐也随之出现。社会上还涌现出一批职业或半职业的民间音乐家"胡尔沁"，他们走村串户演唱，丰富着群众的文化生活。

受清朝"移民实边"政策影响，科尔沁地区的喀喇沁、土默特、敖汉、奈曼、翁牛特等地，数十万蒙古族人背井离乡，一路北上，前往地广人稀的北部地区寻找栖身之地，其中大部分人来到了科尔沁右翼前旗。清朝末年，清政府更改以往"蒙地封禁"政策，转而推行"借地养民"，旗内"官垦""私垦"不断，大量内地百姓涌入科右前旗。因旗内无度放荒乱垦，农牧业生产相互冲突，农牧民混杂居住，部分世代以游牧为生的牧民放弃原有游牧生活，开始过上半农半牧生活，甚至纯粹从事农业生产。还有部分牧民——世代居住并游牧在科右前旗南部平坦开阔草原的科尔沁人——赶着牲畜离开牧场，沿洮儿河、归流河、照日图河向北部迁移，依然过着游牧生活。1912年，这些原本的科尔沁人与后迁入的外旗蒙古族人再次迁移，迁往北部岗峦叠嶂的山区牧场——即今天科右前旗境内的北部山区。

随着各族人民的交融，土地相对肥沃的平坦地带渐渐开辟为农田，成为农区或半农半牧区，如科右前旗的德伯斯镇、阿力得尔苏木。唯有更靠北的山区，如乌兰毛都、满族屯满族乡、桃合木一带，至今仍保留着纯牧业经营方式。

科尔沁民歌的形成与发展过程，令我想起了《诗经》、汉赋、唐诗、宋词以及浩瀚的现代诗歌。它们何尝不是社会形态发展到某一阶段的产物？何尝不是对当时火热生活的见证与记录？又何尝不是在记录时间的轨迹！这些诗与歌都在大地上应运而生、渐渐成长，孕育出一朵朵绚烂的花蕾，而后绽放于天地之间，以一首诗、一支歌的形式从远古流淌至今，记录山河的风采，记录大地上人们行走的足迹。科尔沁民歌，便是北方大兴安岭这片山脉、科尔沁这片草原、乌兰毛都这片大地上生长出的诗行，是牧人生活足迹的生动记录。

二

站在乌兰毛都草原上，我时常想：如果不是因高寒不适合农作物种植，如果不是因高山、密林夹杂，地广人稀且交通不便，这片草原是否还能存在？是否依然保持着纯牧业经济？这片草原上的人们是否还保持着纯牧业生活方式？

若把科尔沁民歌比作一首诗，那这首诗定是纯粹干净、一尘不染的。湛蓝的天空是它的质地，一望无际的草原与鲜花是它的颜色，草原上的清风是它的语言，谦逊厚重的高山是它的底蕴，清澈蜿蜒的河水是它的节奏。这首诗里有质感、有色彩、有风格、有温暖、有层次。无论叙事民歌还是抒情民歌，都直接将所述之事、所抒之情，以最简洁的词汇、最纯粹的歌唱、最深沉的韵律表达出来，质朴无华、浑然天成，却有着传神的意象和真诚的情感。

要说你出生的地方啊

你是前郭塔虎城人

要说你歼匪的地方啊
高高密密的索伦山林

世代生存的塔虎城
土地被变卖众人恨
没有草场的乡亲们
来找陶特格说原因……

骑上骏马反抗军阀
不图名声不为金银
为了保护家乡土地
坚持作战消灭敌人……

这是在科尔沁流传较广的叙事民歌《陶特格》的开头两段与结尾一段。漫长的夜晚里，牧民们常以民歌打发时光，民间艺人将这些在草原上、大地上土生土长的叙事民歌唱响在天地间，它们便成了草原人最珍贵的精神食粮。

陶特格因反对东北军阀张作霖割卖土地而起兵，以札萨克图旗索伦附近的高山森林为基地，展开保护草原与百姓的游击战，他的事迹因此广为传颂。整首歌里，找不到"你威武盖世，你是我们的大英雄、巴特尔"这类华丽的词句，只用平实话语讲述人物与事件，却将对英雄的敬佩与赞美表达得淋漓尽致。每当歌声响起，那份敬仰与缅怀便如河流般在人们心间涌动，而那不屈不挠、勇往直前、敢于挑战不公与邪恶的精神，也随着歌声在草原上代代相传。

科尔沁民歌质朴得像草原上的花，朴素中藏着自然之美、坚韧之美与力量之美。即便是赞美意味强烈的赞歌，歌词也简洁明了，像青草尖上滚动的晨露般晶莹耀眼：

白嫩查干金色世界
宽阔晴朗我的故乡

沃土里种植是五谷

酿造美酒味浓醇香

醇香的美酒敬给您

我们共同欢度时光

"白嫩查干"为蒙古语，意为"富饶美丽"。这是一首赞美家乡富饶的歌曲，用最质朴的语言承载了最真挚的情感。

秋天的一个夜晚，参加完一场庆祝活动后，我们在灿烂星空下启程返回。那晚的世界像被洗过般透明，月亮把草原照得银亮通透，高山、河流、庄稼在月光下清晰可辨。久居城市的我，已许久未见这样的夜晚，只在儿时记忆里有过相似的画面。那一刻，我仿佛不是行走于山川，而是穿越时空来到了时间与河流的源头———一切都静谧、纯净、澄澈。天空透亮，月亮明亮硕大，星星晶亮闪烁，像无数清澈的

眼眸在墨蓝色的银河中熠熠生辉。如水的月光在我们乘坐的大巴车上流动，车转过一座座黛色高山，行驶在山路上，一片片一人多高的成熟庄稼低头不语。车上鸦雀无声，只闻车胎与路面的摩擦声。

这份静谧与澄澈，让我忽然想起了那首《白嫩查干》，熟悉的旋律伴着起伏的节奏悄然入耳。歌中所唱应是秋天：高山与草原一片金黄，辽阔的家乡如这晚般晴朗，五谷成熟，端庄而醇厚。这样的月色下，"葡萄美酒夜光杯"再相宜不过——拿出酿好的美酒与亲友共饮，共度美好时光，该是何等惬意。鼻翼间仿佛飘来庄稼成熟的清香，混着如露珠般剔透的酒香，瞬间，我深深感恩上苍将这方风水宝地留给后人。

乌兰毛都草原，就像大兴安岭揽在臂弯里的珍宝。它藏在连绵群山之间，群山是它坚实的依靠，茂密树林为它遮风挡雨，蜿蜒河水为

它源源不断地滋养。这一切孕育出这里的静谧与安详、质朴与纯净。不知陶渊明笔下的世外桃源是否真的存在，但我们这里确有一处——它纯净如天空，澄澈如清泉，质朴如厚土，静谧如幽林。乌兰毛都草原，或许就是大兴安岭护佑下的一片净土吧！

如果说，听一首描绘自然之美、赞美家乡的科尔沁民歌，如同在青山绿水间啜饮甘洌山泉；那么，听一首首诉说情愁爱恋的民歌，便像饮下一杯杯甘醇美酒——人间的情与爱，全都伴着酒在歌里发酵，在心头沉醉。

> 飘飘摇摇刮起轻风
> 芨芨草的枝叶随风动晃
> 放下枕头想要躺下
> 想起身边的宝贝姑娘……
> 山丁大树虽然倒下

只要有根就能活过来

想见美丽宝贝姑娘她

要等到冬春接回姑娘……

手上带的金表已坏

十二个时辰如何去分开

可爱的姑娘嫁远方

心中的话儿对谁去讲……

在飘摇的风中，在晃动的芨芨草的影子里，歌中那份苦苦的相思味道一下子漫到我们嘴边，苦进我们心里。本就因相思而凄苦无助，再加上风摇草动、情思起伏，那颗心怎能安放？两个相爱的人未能成眷属，心仪的姑娘已然远嫁；想接受现实，铺上被褥、放下枕头准备入睡，可终究放不下，又想起了她，辗转反侧，难以入眠。男青年没有歇斯底里地呐喊，没有不顾一切地宣泄，他把日夜的相思化作对未来的期待——未来能再见上一面就好。这份爱情重逾黄金，让他忘记了时间，可他的爱并未失了分寸。他坚信，山丁树（乌兰毛都草原上的一种灌木，秋天结着一串串红玛瑙般的山丁果）纵然倒下，只要有根就能活过来；只要熬过冬春，心爱的姑娘就会回到家乡，到时能见她一面，把憋了一肚子的心里话倾诉出来，便已足矣。他把爱深深藏在心底。这并非懦弱，而是一种豁达、一种无私，更是一种大爱。纯真的爱在心底缠绵，火热的情意中满含克制与隐忍。所以即便是情歌，科尔沁民歌也绝非毫无边界地宣泄，而是有章有节地抒发，就像乌兰河水在某处转弯后缓缓放缓，却依旧是清澈的河水。这或许与高山赋予人们的淡然、树木赋予人们的活力、草原赋予人们的宽广、河流赋予人们的抚慰有关吧。

三

科尔沁民歌的题材极为丰富，自然风光、古刹寺庙、神话传说、生产生活、英雄故事、祭祀宴饮、亲情友情爱情……凡生活所及，皆可入歌。2006年，为抢救科尔沁民歌，科右前旗文化馆工作人员历时两年，行程两万多公里，收集整理了旗境内流传的500多首民歌，最终精选100首代表性作品，结集出版《科尔沁蒙古族民歌100首》。诚如编者所言，这些民歌从不同角度映照出蒙古族人民豪情奔放、勇敢顽强、热爱草原、珍视生活、崇拜英雄的性格特质。其曲调优美、节奏舒展，既有着草原般的辽阔气息，又兼具百花般的绚丽色彩，将强烈的抒情性与深刻的哲理性巧妙融合，予人情感的愉悦与人生的启迪。歌词工整，多用比兴，讲究对称，含义隽永耐品，尽显浓郁的地方特色与民族风情。每当翻开这本书，耳畔便似有歌声萦绕，科右前旗的山山水水如画卷般徐徐展开，一个个动人的故事也随之翩然浮现。

有民歌这样唱道：

春天里的淡黄色鸿雁
欢唱的歌声多么美好
结成伴侣的好兄弟们
欢聚在一起多么美好

夏季里的草地绿青青
自然的景色多么美好
忠诚的朋友满怀豪情
欢乐的生活多么美好

秋季里的果实丰盈盈
收获的时候多么美好……

冬季长角鹿在雪地上
自由地玩耍多么美好……

在歌者眼中，春天的鸿雁、夏季的青草、秋季的果实、冬季雪地上的长角鹿，皆如诗如画、如梦如幻。但歌者并未沉醉于四季美景，转而唱道"结成伴侣的好兄弟们，欢聚在一起多美好""忠诚的朋友满怀豪情，欢乐的生活多么美好"——情与景完美交融，既抒发了对家乡的赞美，也传递了好友相聚的欢愉。

科尔沁民歌多为四句一结，结构整饬，善用比兴，以浅显之语藏深刻寓意，将意味深长的哲理与言外之韵，尽融于简洁流畅的歌声中。如一首歌唱傲斯日玛姑娘的叙事民歌：

金色兴安的南坡上
十色花儿开正鲜艳
兄弟姐妹十个当中
傲斯日玛妹最娇惯

流动欢唱的河水哟
全靠地势的弯和转
自由玩耍的童年里
全靠阿爸阿妈照看

钢铁虽然是很坚硬
见了炉火就变了软
嫁到遥远的傲斯日玛
思念故乡就泪满面……

整首民歌共 10 小节，每节皆以比兴起笔：写姑娘的美丽，不直接夸赞，而以兴安岭南坡的十色鲜花作比；说姑娘的成长，便如欢唱的河水需借河岸弯转方能远流，暗喻她再聪慧也离不开父母的悉心哺育；道姑娘的刚强与柔情，便以钢铁遇炉火变软作喻，纵然性情坚毅，远嫁后思念故乡仍会泪流满面。民歌源于民间，多为人们即兴创作，经口耳相传得以流传。创作素材皆取自生活环境——身边的山、花、树、草、河、炉火、钢铁、骏马、鸿雁、百灵鸟等，皆可成为创作的对象与喻体。其歌词通俗易懂，俗中见雅，不似某些民歌那般放荡不羁，而如草原上的萨日朗花，淳朴而美丽。

草原浩瀚，归途遥远，加之封建礼俗的束缚，若再遇上恶婆婆，远嫁的姑娘回趟娘家实为不易。路途遥远者，或许要走个把月甚至更久才能抵达。因此，科尔沁民歌中，远嫁姑娘思念家乡的曲目尤为众多，在叙事民歌中更是常见。每当春暖花开、冰雪消融、青草冒出嫩芽，河水缓缓流淌，百灵鸟在天空叽喳，鸿雁在高空嘶鸣，汲水的姑娘会放下木桶，挤奶的姑娘会若有所失，放牧的姑娘会驻足远望——她们都在思念远方的家乡。即便性情如铁石般坚强，也难抑深切的思念，那思念如河水般绵长，飞出心窝，渗入脚下的泥土。

科尔沁民歌中，亦有表现女性反抗陈规旧俗、感恩父母养育之恩、抒发手足情深及士兵怀念家乡的作品。其中，令人印象深刻且热烈奔放的，当属各类宴歌。作为短调民歌的一种，宴歌诞生较早、流传甚广，且有固定程序，如迎宾曲、敬酒歌、送宾曲，恰似现代的《下马酒》《酒歌》《远方的客人请你留下来》，皆是宴请与送别时的歌唱。宴歌是蒙古族礼仪与民俗文化的生动体现，那热烈的歌声如跳动的火焰，瞬间便能点燃人们的情绪，让人不禁起身唱和、举杯畅饮。

如一首广为流传的《酒歌》：

四个腿的八仙桌
摆在了地中央
四个盘儿的小菜
摆在了桌子上

为亲密的朋友
来准备好的佳酿
坐在一起仔细想
就是联络的桥梁……

歌词虽简单，却以饱含深情的语调与悠扬的旋律，唱出了佳酿般的醇厚情谊。别说远方的客人会为之动容，即便是生活在草原上的人，也常被这歌声打动，不禁多饮几杯。我尤其喜欢听用蒙古语无伴奏清唱的酒歌——即便听不懂歌词，那欢快悠扬的旋律，也足以让人沉醉。

四

科尔沁民歌是即兴传唱的艺术，可伴乐，亦可无伴奏。若论伴奏，一把胡琴便足够。有一次，我与科尔沁民歌传承人交流，他即兴拉起四胡，唱起了原创于科右前旗的叙事民歌《新刷儿》。歌中讲述了这样一个故事：格瓦桑布因不满喇嘛阿敏乌日图欺压百姓，在好友被其冤死后，伺机打死了喇嘛，随后带着徒弟投奔图什业图旗的义父。义父为他改名"新刷儿"，助他招兵买马，奔赴山高林茂的索伦山，最终他在与官府的战斗中牺牲。

歌曲以多重视角展开：有第三者的叙述——

要说你出生的地方啊

札萨克图旗的阿其那拉村

要说你打仗的战场啊

索伦山上的森林……

有新刷儿离家后对家人的思念——

隐约看得见的是啊

葛根庙的庙门

心里思念的是啊

我可爱的家人

站在高高的山上啊

大千世界多么迷人

从山上走来啊

想起年迈的父母……

字里行间满是有家不能回、有亲不能见的凄苦。还有他父母的倾诉——

栽下杏树的时候啊

是为了吃那个杏儿香

养育孩儿格瓦桑布啊

是为了老有所养……

寥寥数语，道尽父母失去儿子陪伴的锥心之痛。歌声在四胡的弓弦间跌宕，更添悲壮之感。

当时，这位传承人的两个徒弟也在场，其中一位年过不惑的中年妇女对这首歌格外偏爱。我问她缘由，她说："唱到新刷儿想家想亲人时，我心里就揪着疼，唱完了，心才舒服些。"民歌离百姓最近，百姓心中的苦与痛，都能借着歌声抒发、宣泄。也正因如此，民歌才能在民间的土壤里扎根生长，生生不息。

演唱民歌从不论场合与时辰。草原上、山岗间、蒙古包里，放牧时、宴饮时、送别时，清晨、白昼、深夜，只要兴之所至，便能放声歌唱。民歌是民俗与情感在民间最鲜活的传承，民间称优秀的歌手为"胡尔沁"——他们多是自拉自唱的能手，一首长篇叙事民歌能唱上一两个月。

从前，王公贵族家有专门的歌手，民间歌手则常被邀至农户或村屯。人们会在炕上摆张炕桌，放上茶水、水果、点心，让胡尔沁坐在里端；有时为了让众人看得清、听得真，索性请歌手坐在桌子上。听众里三层外三层围拢过来，屋里挤不下，就扒着窗沿、守在门口听。好的胡尔沁技艺精湛，一唱就是一两个小时，甚至大半天，手中的潮尔（类似马头琴，琴头为蟒首形，音箱上宽下窄）、马头琴、四胡在指间流转，琴声婉转里，唱一段、说一段，说唱相和，歌声里藏着绵长的叙事。

听叙事民歌，像在与悠悠岁月对话。歌手说一段，拉琴唱一段，再讲一段，再奏一段——岁月的记忆在琴弦的按拉弹拨间苏醒，那暗哑悠长的琴声，如丝线般牵起心底的情丝与时光的脉络，陈年旧事、斑驳故事便随旋律在人心头起伏荡漾。在多数人不识字的年月，民歌就是"活的教科书"：人们从歌声里知草原过往，晓山外世界，传习俗规矩，辨善恶美丑，学处世道理。茫茫草原与高山间，若没有这般音乐，生活该多枯燥，精神该多干涸。

20世纪80年代，科尔沁民歌在科右前旗还广为流传。茶余饭后，人们常聚到胡尔沁家听歌，广播里也有专门的栏目播送。受访的传承人里，有几位出身民歌世家，从小耳濡目染，无师自通地会拉琴、会唱曲。农忙时，乡亲们聚到他们家，一边帮着干活，一边听唱，常常到半夜才意犹未尽地散去；有些村屯逢重要节日，还会专门请民歌艺人来演唱。

后来，电视普及了，社会节奏快了，人们多忙着挣钱，有人觉得民歌"没用"，它便渐渐淡了。可我总感激这"比柴米油盐还无用"的艺术——对人迹罕至的草原来说，它是心灵汲取文明的光亮，是愉悦身心、感知情义的途径。那些被传唱又遗失的美好故事，滋养了一代又一代人，在寒冬里递来温暖，在坎坷中鼓荡勇气，在失意时安放心灵。这世间的美好，恰恰常由这些"无用之物"赐予。

文字、音乐，乃至所有看似无用的存在，总在人深陷痛苦与绝望时，一次次把人引向光明。记得一个春节傍晚，新冠与生活里的猝然变故让我沉郁低迷，走投无路时，冒着北方的严寒踏入夜色，走向灯火璀璨的广场。各式各样的灯笼鼓胀着喜庆，旋转的金色龙门、高悬的大红灯笼、笑盈盈的财神爷、花灯、金鱼……每盏灯都红光满面，像春日暖阳含笑望着我。心被这五颜六色的光暖透了——它们比财富、工作、生活，甚至比身体与人生"无用"得多，可那一刻，它们让我看见了春天般的希望。紧绷的手松开了，焦虑被灯光驱散，我默念着"回首向来萧瑟处，归去，也无风雨也无晴"，慢慢走向家的方向。

五

我对乐理一窍不通，天生五音不全，分不清高八度与低八度的差别，更不懂什么宫音、徵音——听歌全凭感觉。哪首歌能撩动思绪、引发共鸣，或让我心生愉悦、契合心境，我便格外偏爱。科尔沁民歌恰好合我这种"门外汉"的胃口：那歌声似从遥远之处飘来，渐渐漫到身边，旷远而深邃；它钻进心灵，与心绪交融，成了身体的一部分，再奔放开来，悠长的调子飘向天空、远至旷野，纵行于天地之间。

科尔沁民歌向来大开大合、尽情抒怀，没有半分扭捏做作，自然大方，真诚坦率。每次听来，都觉身心舒展，若再跟着哼几句，浑身像淌过一股清泉，涤荡心灵后又悄然离去。2024年，全区长调民歌比赛在科右前旗举行，我闻讯赶去现场。整整一个下午，思绪跟着歌声在现实与历史间穿梭，在丛林与草原、高山与平原、丘陵与大海间游走——苍茫、浩瀚、葱郁、厚重、起伏、旷野……无数词语涌进脑海。我像个行者，在时空里自由穿行，心也慢慢变得豁达。

蓝色的天、洁白的云、连绵的草、潺潺的水、金色的地、覆雪的山、苍莽的高原……心随着长调的拖音百转千回。尤其是长调部分，无论低音的深沉回旋，还是高音的盘旋舒展，都最能涤荡人心。它不似陕北民歌，有一嗓子刺破云天的吼唱，带着尖锐的穿透力；也不似京剧，把气力积压于胸后抖颤着长啸；更不似越剧，吴侬软语般悱恻缠绵。

比赛结束走出赛场时，我神清气爽，郑重对自己说：这音乐真能治愈人。我还珍藏着一张科右前旗民歌集锦的碟片，录的都是本土歌手创作的民歌。闷了就拿出来听，有时睡前也放，常常听着听着就入了梦。

曾在一篇报道里看到，蒙古族长调对演唱技艺要求极高，需咽腔、咽喉腔、胸腔、鼻咽后腔、头腔、鼻咽前腔等整体共鸣才能唱好。还说长调绚烂且富装饰性，有前倚音、后倚音、滑音、回音等，尤其"诺古拉"唱法形成的华彩最具特色。"诺古拉"是蒙古语音译，即波折音或装饰音。一堆说明里，我对"诺古拉"印象最深——蒙古族长调确实在波折中起落，像随地形蜿蜒的乌兰河、图不台河、归流河、洮儿河。据说长调已有上千年历史，想来远古时，人们不会想着用哪个腔体发音，也不会刻意用"诺古拉"技巧，这些都是后人总结的艺术规律。最初创造长调时，大抵是因景而歌、因情抒怀吧？那波折的曲调，会不会与他们日日注视的弯弯河水有关？会不会是想把情感传到远山之外、密林尽头？若面对的是蔚蓝大海，还能唱出这一波三折的长调吗？

就像庄稼离不开适宜的土壤，一种艺术也离不开孕育它的土地。自然环境与生产生活方式，不仅影响人的性情，也塑造着地域民歌的特质。科尔沁先祖从北方高山丛林走向草原，15世纪20年代迁徙到大兴安岭以南，游牧于嫩江平原与西辽河沿岸，始终与丛林、绿意相伴。他们的歌声里没有荒芜与焦渴，烦恼愁闷向着弯河倾诉，能在高山、丛林、草原间高歌，于是有了旷达与宽广，少了哀戚与苦楚——这便成就了科尔沁长调独有的风格：朴实、自然、深沉、婉转，清澈中带着高亢，低缓里藏着力量，悠远而不哀伤，缠绵却不纠缠。

真该感谢上苍留下这片草原，让乌兰毛都的牧人仍能以纯牧业为生。如今会唱科尔沁长调的人已寥寥无几，曾有人以为它已消失。直到2012年全区蒙古族长调大赛，乌兰毛都草原的民间艺人白音都冷唱起长调，人们才惊喜高呼：科尔沁民歌没有消失！

其实，科右前旗本就是民歌的故乡。这里诞生了太多真挚的民歌，走出了太多艺术家——《草原上升起不落的太阳》词作者美丽其格、马头琴大师桑都仍，都出生于此。这片土地孕育了独特的民歌艺术，滋养了无数出色的艺人。

2012年，内蒙古大学"民族音乐传承驿站"为白音都冷举办了聘请仪式与展示会，聘他为特聘艺术家。白音都冷来自乌兰毛都苏木勿布林嘎查的民歌世家，外祖父与祖母曾为札萨克图王府孛儿只斤氏王爷唱长调，母亲乌云继承了家族天赋，擅长民歌。他从小由长辈心口相传，六七岁便随家人演唱，如今与母亲都是自治区级"科尔沁长调民歌"传承人。

我的手机里存着白音都冷清唱的《西河的水》，时常翻出来听：

像那西河水亮晶晶

用荷花酿的美酒香

美酒敬给尊贵的您

慢慢品尝尽情歌唱

无配乐的清唱，无雕饰、无渲染，澄澈如泉，素洁似雪，香醇若酒，有自然的本真、原始的厚重，还有史诗的悠远。

乌兰毛都草原

后记：

最后一切都交给了时间

立秋过后，城里仍是花红柳绿，但草原已真切地走进了秋季。一股强冷空气过境，一夜之间将草原由墨绿涂改为褐黄色。草原上散落着一个个圆滚滚的草捆包，草原便有了秘密，一切都赫然袒露于苍穹之下。

这是我今年第N次往返草原。我见证了它从绿草茵茵到青草芊绵，再到繁盛热烈，最后归于枯黄萧瑟的全过程。此后，草原将迎来漫长的孤寂——客人寥寥无几，唯有牧人、牛马羊，以及与他们相生相伴却浑然不觉的珍贵非遗，厮守着这片土地。

为了编撰《科尔沁右翼前旗非物质文化遗产保护名录》一书，我几乎每周三次到访牧区，从城区到牧区往返需300多公里路程。随着到访次数增多、对非遗代表性传承人采访的深入，我对这片土地的热爱愈发深沉，确切地说，从未有过如此浓烈的热爱。我时常不自觉地想象草原的过往：一辆辆勒勒车缓缓碾过草原，漫山遍野的牛羊点缀其间，鹰鸟在湛蓝的天空中疾翔，额吉在长夜里挑灯刺绣，牧人在绿草间雕琢马鞍，将蓬松的白羊毛擀制成结实的五彩毡……他们当年或许从未想到，这些日常劳作如今会被称作"非物质文化遗产"。与此同时，我也更加热爱草原上质朴的人们——他们的智慧、坚韧、宽厚与淳朴，常常令我感动不已，甚至热泪盈眶。我的心每日都被这些带着泥土、青草、山林气息的非遗，被那些如草原般敦厚淳朴的非遗代表性传承人所触动、充盈、鼓胀……这份感动几乎要将我心胸撑满，逼得我唯有诉诸笔端才能舒展，于是便有了这部散文集。

这部散文集围绕非遗和非遗代表性传承人而写。

在采访中，我每一次都更贴近草原的过往，走向草原的深处。每个非遗项目背后，都有无数牧人逶迤前行的足迹。以"札萨克图刺绣"为例，它恰似一枝从远古栽种至今、始终盛开的花。从留存百年以上的刺绣作品看，图案中的花朵显得笨拙而质朴，多为人们常见的杏花、芍药，以最简笔触勾勒出花瓣、花蕊与枝叶——这应当是百年前草原人对花的直白热爱。我想，在更遥远的从前，绣娘们绘制的图案或许更为简单粗犷，甚至如同今日的简笔画。而如今的刺绣作品，不仅色泽鲜艳、图案繁复立体、栩栩如生，线条也更为自然流畅。草原生活简单却极其艰辛，牧人需直面各种自然灾害，以及寒冷、漫长、孤寂的冬季，但人们对美的欣赏从未褪色，心底始终葆有纯粹的爱美之心。一代又一代绣娘逝去，却将刺绣技艺代代传承，为北方草原留下了刺绣文化的根脉。

不止札萨克图刺绣，诸多祭祀文化，查干伊德、乌兰伊德等饮食文化以及那达慕大会等，皆带着牧人迁徙、生产、生活的足迹而来。我不禁自问：何为非遗？非遗应是人们在生产生活中形成，并内化于心的具有地域典型特色的人文思想，反过来又影响着生产生活的文化形态。一方水土养一方人，人亦反哺于水土，二者共同孕育出独特的人文气质，并在历史长河中经人传承，形成地域文化。由此联想到"北疆文化"——非遗不正是我们所生活的北疆地区的文化印记吗？

它生长于科尔沁右翼前旗这片祖国北疆土地，兼具草原的宽广包容、山林的豪迈洒脱、山水的舒缓宁静，以及原生态生活的安然沉静。这些非遗体现了北方地区的文化特色，堪称北疆文化的典型代表。它们如璀璨珠宝，闪烁在北疆大地之上，串成了独属于这片土地的文脉。

采访中，牧人的智慧更令我敬佩。他们将有限的生产资料利用到极致：鲜奶被制成奶豆腐、奶酒、奶酪，让易变质的牛奶成为耐储存的食品；动物皮毛广泛用于车具、马具、衣物，甚至能将皮张熟制成轻薄的夏日皮裤……在时光流转中，牧人传承着非遗制作技艺。每一次微小的改良，都凝聚着无数人的思索与创新；每一步的进步，或许都历经数代人之手。先人们虽已化作尘土，但他们的智慧与为社会发展所做的努力，至今仍可被见证。这些文化背后的探索精神、坚韧性格与淳朴思维，亦随文化一同流传至今。

天幕四合，草捆渐渐湮没于夜色。草结束了一生，将生命交还给时光、草原、天地与牛羊。想起老话"人生一世，草木一秋"——我们的人生，最终又将交付给谁？大抵是交于尘与土，交于无形的时间吧。而我们能做的，或许就是在有限的生命里，为时代与社会发展尽一份力。就像草原上的牧人，他们不带走一草一羊一花，却在草原的变迁中留下了足迹、情感、思索与创造。

致敬所有生活在北疆原野与草原上的人们！

感谢乌兰毛都苏木、满族屯满族乡、桃合木苏木、德伯斯镇党委、政府，以及科尔沁右翼前旗非物质文化遗产保护中心对本书采写工作的大力支持！感谢路远老师不辞辛劳为本书撰写序言！感谢责任编辑的精心编校和版式设计师的创意设计！感谢所有非物质文化遗产代表性传承人提供的珍贵资料与图片！感谢每一位为本书编写和出版提供支持的朋友！

2025 年 5 月 4 日